Anni Reinhardt
Amelie – ungewollt und ungeliebt

AF191259

Anni Reinhardt

Amelie
ungewollt und ungeliebt

Bibliografische Information der
Deutschen Nationalbibliothek:
Die Deutsche Nationalbibliothek verzeichnet diese
Publikation in der Deutschen Nationalbibliografie;
detaillierte bibliografische Daten sind im Internet unter
www.dnb.de abrufbar.

Umschlagfotos
vorn: Pixabay #1821187
hinten: Pixabay #3112378

Stilistisch-künstlerisches Lektorat
Angela Hoffmann
www.Angela-Hoffmann.com

Juristische Beratung
Rechtsanwalt Meinrad Mayer,
Frankfurt a. Main

Layout und Satz:
DigiBuchService, Hannover
www.digibuchservice.de

Herstellung und Verlag:
BoD - Books on Demand, Norderstedt

ISBN 978-3-7568-5794-4

Nach einem arbeitsreichen Tag im Oktober 1941 saß die Bauernfamilie auf der Eichenbank vor ihrem mit Stroh gedeckten Haus. Alle Familienmitglieder freuten sich darüber, die schwere Arbeit in dieser gottverlassenen Gegend Sloweniens, dem letzten Zipfel der Untersteiermark an der Grenze zu Kroatien, geschafft zu haben. Der Bauer, ein ehemaliger Soldat hoch zu Ross im Ersten Weltkrieg, war mittelgroß und hatte schütteres Haar. Seine sehr schlanke Frau trug ihr bereits mit Silberfäden durchzogenes Haar zu einem Zopf geflochten. Ihre beiden Söhne hießen Anton und Franz. Anton, der Ältere, sollte später den Hof übernehmen. Franz liebäugelte mit einem Beruf in Uniform. Die 16-jährige Tochter, Vaters Liebling, war immer Klassenbeste und wollte auf die höhere Schule gehen. Sie war der ganze Stolz ihres Vaters. Sie war ein hübsches junges Mädchen mit schönem dichten schwarzen Haar und braunen Augen.

Die Ernte in diesem Jahr war gut, die Kornspeicher waren voll und das Vieh gesund im Stall. Im Weinberg lagerten volle Fässer mit Rotwein, welchen sie an diesem Abend zum ersten Mal probierten. „Er wird gut, muss aber noch einige Zeit reifen", verkündete der Bauer. Es war spät geworden an diesem Abend, als sich ein wunderschönes Abendrot am Himmel zeigte. Ein Abendrot sagt gutes Wetter für den nächsten Tag an, das sie ja noch gut brauchen konnten. Die Bäuerin aber stieß einen Schrei aus: „Freut Euch nicht. Das Abendrot ist blutrot, es wird Krieg geben." Und sie sollte Recht behalten. Sie hatten kein Radio und keine Zeitung, orientierten sich an der Natur und ihrem Wandel im Jahreskreis. Eine Woche später annektierte Hitler Slowenien, wobei ihm die Untersteiermark ein Dorn im Auge war.

So erging der Befehl, dass sich alle Bewohner binnen einer Woche aus dieser Gegend an einem bestimmten Ort zu versammeln hatten. Mitnehmen durfte jeder, was er tragen konnte. Ein Weinen und Klagen, Schimpfen und Fluchen war überall an den folgenden Tagen zu hören. Die Arbeit eines ganzen Jahres war umsonst. Das

Vieh musste schnell nach Kroatien verkauft werden, damit es weiter leben konnte. Die Kunde, dass Hitler fremde Siedler bereits in diese Gegend beordert hatte, wurde zu trauriger Gewissheit. Auch sie mussten ihre Häuser, ihr Hab und Gut verlassen. Die Bäuerin packte mit ihrer Tochter die Koffer. Die Söhne kümmerten sich mit dem Vater um den Hof. Sie musste nur das Nötigste für jeden einzeln zusammen legen, das in die Koffer passte. Das holzgeschnitzte Kreuz aus dem Herrgottswinkel wickelte sie in ein Handtuch ein und legte es behutsam unter die Wäsche in ihrem braunen ledernen Koffer. Die Tochter ging ihr zur Hand, während die Schwiegermutter, jenseits der 75 Jahre, auf der Holzbank am braunen Kachelofen saß und bitterlich weinte. Nun verließen alle ihre Häuser und gingen zu dem Versammlungsplatz. Sehr viele Menschen waren bereits anwesend und wussten nicht, wohin die Reise gehen würde. Etwa nach 10 km erreichten sie den Bahnhof. Sie waren erschöpft von dem langen Marsch auf der Schotterstraße. Die Alten und die kleinen Kinder hatte man auf die Ochsenkarren gesetzt. Die Wälder, an denen sie vorbei marschierten, trugen bereits ihre bunten Farben und wurden von der herbstlichen Sonne beschienen. Der lange Zug wartete bereits auf sie. Einige aus der Gegend der Save hatten bereits ihren Platz eingenommen. Es war kein Personenzug, sondern es waren offene Waggons, in denen man üblicherweise das Vieh transportierte. Sie waren mit Stroh ausgepolstert und die Menschen wurden wie Tiere hinein verfrachtet. Die Nacht war kalt, jedoch die Heimat zu verlassen, war schmerzlicher. Sie fuhren die ganze Nacht und erreichten am anderen Nachmittag den Bahnhof in Aulendorf in Baden-Württemberg. Alle mussten aussteigen. Hungrig und erschöpft wurden sie jetzt in das Kloster Saint Johan Blönried getrieben. Hier wurden die Familien getrennt. Die Männer blieben bis auf Weiteres hier im Lager. Sie wurden für bestimmte Arbeiten eingeteilt. Auch wurden sie ärztlich untersucht, vermessen und gewogen. Wenn sie den geforderten Maßen des Führers entsprachen, hatten sie Glück. So kam der Bauer als Heizer auf die Dampflok, seine beiden Söhne mussten als Soldaten der Wehrmacht nach Russland und kamen nicht mehr zurück. In der Friedhofskapelle in Aulendorf sind ihre Namen auf der Tafel der Gefallenen zu lesen. Ein Verwandter war Metzger und wurde dringend in diesem Lager gebraucht. Er musste keinen Hunger leiden wie so viele andere. Die Frauen kamen mit ihren Kindern ins Kloster Sießen bei Saulgau, das ebenfalls zum Lager umfunktioniert wurde. Die meisten Ordensfrauen wurden von der SS Führung vertrieben. Einige durften bleiben. Die große Schar der Vertriebenen wurde untergebracht und auf Strohsäcken gebettet. Auch sie wurden vermessen, ärztlich untersucht und aussortiert. So kam die Schwiegermutter der Bäuerin ins Kloster Neresheim, das ebenfalls zum Lager umfunktioniert worden war. Sie war bald verstorben, ihre Familie sah sie nie wieder.

Das Leben im Lager war für die Vertriebenen nicht einfach. Alles war fremd für sie. Die Jungen sprachen kein Wort Deutsch, die Alten dagegen sehr gut.

Vor dem Ersten Weltkrieg war Deutsch auch in der Untersteiermark die Amtssprache. Die Tochter der Bäuerin kam nach Aulendorf als Haushaltshilfe in eine Gastwirtschaft. Die Besitzerin, Ehefrau eines SA-Offiziers, nahm sich ihrer an. Sie brachte ihr zuerst die Sprache bei, indem sie jeden Gegenstand in die Hand nahm und ihn benannte oder ihr erklärte. Die junge Frau lernte schnell und wurde nach und nach mit größeren Aufgaben betraut. Die Heimat war weit weg, wenigstens konnte sie ihren geliebten Vater öfter sehen.

Langsam lichtete sich das Lager. Die jungen Burschen kamen zu den Bauern, um den Frauen zu helfen, denn ihre Söhne und Ehemänner waren an der Front. Einige kamen nie wieder heim. Am Anfang begegnete man den Fremden mit Argwohn. Mit der Zeit glätteten sich die Wogen und man war froh, tüchtige Helfer zu haben. Ein junger Mann, er hieß Hans, kam, gerade 18 Jahre alt, zu einer Familie, bei der die Söhne und der Vater als Soldaten der deutschen Wehrmacht dienten. Er hatte Glück, da er doch von Kindesbeinen Bauernarbeit gewohnt war. Er war groß und schlank und ähnelte zudem einem der Söhne. Am Sonntagnachmittag durfte er im Lager Sießen seine Mutter und seine Geschwister besuchen. Die Bäuerin gab ihm allerlei Essbares mit, der Hunger war der größte Feind im Lager. Jahre später erzählte er immer wieder davon.

Der Krieg wurde immer grausamer, die Menschen mutloser. Der Glaube an Gott gab ihnen Kraft und Durchhaltevermögen. Abend für Abend holte die Bäuerin ihr Kreuz aus dem Koffer und betete mit Zimmergenossen den Rosenkranz. Das Beten gab ihr Kraft und Halt. Sie war der festen Überzeugung, dass sie eines Tages erhört werden würden. Es dauerte noch vier lange Jahre bis im Mai 1945 der Krieg zu Ende war.

Der Sommer war gekommen, die Sonne heizte Ende Juni mächtig auf. Um sich zu waschen, mussten die Lagerinsassen mit einem Zinkeimer aus dem Hofbrunnen Wasser holen. So ließ die Bäuerin ihre Tochter, die bereits wieder im Lager war, am späten Abend Wasser holen. Der Tag war längst vorbei, die Nacht war nicht mehr fern. Sie füllte den Wassereimer bis zum Rand, als sie plötzlich von einer starken Männerhand festgehalten wurde. Mit vorgehaltener Pistole zwang sie der SS-Offizier hinter die Klostermauer, riss ihr das schöne bunte Sommerkleid vom Leib und verging sich an ihr. „Wenn Du jetzt schreist, erschieße ich Dich!" Dazu schlug er ihr noch ins Gesicht, so heftig, dass das Blut aus der verletzten Lippe tropfte. „Endlich habe ich erreicht, was ich schon lange vorhatte", sagte der SS-Mann und schlug sie so heftig, dass sie für kurze Zeit das Bewusstsein verlor. Der Täter verschwand in der Dunkelheit. Als sie langsam wieder zu sich kam und versuchte, sich aufzurichten, schmerzte ihr ganzer Körper. Halbnackt und mit Blut besudelt torkelte sie in der Dunkelheit in Richtung Wagenhauser Weiher, wo sie auch später vom Suchtrupp gefunden wurde. Sie wollte nicht zurück ins Lager, wollte hier im See ihr noch so junges Leben beenden. Vor den Augen der Anwesenden sprang sie in den See. Ein junger Mann sprang hinterher und rettete sie. Er zog sein Hemd aus, bedeckte den zerschundenen Körper und brachte sie ins Lager zurück. Über das Geschehen wurde Stillschweigen vereinbart.

Den Slowenen wurde jetzt freigestellt, ob sie zurück in ihre Heimat wollten oder ob sie sich hier eine neue Zukunft aufbauen wollten. Alle wollten zurück. Hier wären sie Fremde unter Fremden. Genau vier Jahre nach der Vertreibung herrschte im Kloster große Aufregung. Endlich war es soweit. Voll bepackt warteten sie auf den Abtransport. Familien rückten zusammen, halfen einander. Einige aber waren verstorben. Die junge Frau stand mit dem Mann, der sie vor dem Ertrinken gerettet hatte, bei ihrer Familie. Der Bäuerin gefiel die Verbindung nicht, denn Hans stammte aus ärmlichen Verhältnissen. Sein Vater war Bahnarbeiter und nebenher Bauer, seine Mutter eine tüchtige Hausfrau.

Auf demselben Weg, den sie gekommen waren, fuhren sie wieder zurück. Tausend Fragen stellten sich jetzt. Wie werden sie ihre Anwesen vorfinden, wie den bevorstehenden Winter überleben? Die Witterung in diesem Oktober kam ihnen entgegen. Aber bald würde es kälter werden. Wieder auf dem Hof wussten sie nicht, ob sie weinen oder schreien sollten. Die Siedler hatten in ihrer Abwesenheit Chaos hinterlassen. Die Kornspeicher waren fast leer, es war kein Vieh im Stall und durch das Strohdach tropfte der Regen mitten in die Stube. Der Bauer, inzwischen an Asthma erkrankt, ließ sich nicht aus der Ruhe bringen. „Wir haben den Krieg überstanden. Das hier schaffen wir auch." Gemeinsam machten sie einen Plan. „Hans, Du gehst zu den Bauern nach Kroatien und versuchst, unser Vieh zu finden. Kaufe noch ein Schwein dazu." Zu den Frauen sagte er: „Ihr geht auf unsere Äcker und sucht nach Rüben und Kartoffeln. Die Siedler haben ja mit unserer Heimkehr nicht gerechnet und sicher ist noch einiges zum Ernten vorhanden."

„Und was machst Du derweil, Vater?", fragte die Tochter.

„Ich gehe in den Weinberg nach dem Rechten schauen." Dabei nahm er den Weinkellerschlüssel vom Haken und nahm sich auch den geflochtenen Weinkorb und ging, sich auf den Stock stützend, in seinen geliebten Weinberg. Zu seiner Freude hingen noch sehr viele rote Trauben an den Weinreben und warteten auf die Ernte. Auch in dem großen 10 hl Fass war noch der Rest der letzten Jahre vorhanden. Er füllte die 5 l Flasche mit dem roten Saft, schloss den Keller ab und ging heim. Hans brachte eine Kuh und ein etwa 50 kg schweres Schwein nach Hause. Die Frauen fanden einige Reihen Kartoffeln und Futterrüben. Auch Bohnenstangen mit trockenen Schoten, dazu noch einige Kürbisse. Sie brachten heim, was sie zu tragen vermochten. Der Wettergott war ihnen in den nächsten Wochen gnädig. Auch ehemalige Helfer von kroatischen Bergen kamen ihnen zu Hilfe. Sie brachten Federvieh und Eier mit. Sie wollten sich für die Zeit vor dem Krieg bedanken, als sie auf dem Hof Hilfe bekommen hatten. Von einem Müller bekamen sie einen Sack Weizenmehl und einen Sack Maismehl. In ihrem Wald rechten sie das trockene Laub zusammen und brachten es in Rückenkörben heim. Es diente den Tieren im Winter als Unterlage.

Sie hatten alles abgeerntet und sogar etwas Wein gekeltert. Milch war reichlich vorhanden. Was sie am Tag erübrigen konnten, schüttete die Bäuerin in irdene Gefäße. In Kürze bildete sich eine dicke Schicht Rahm, darunter war Sauermilch. Der Rahm wurde in ein Butterfass geschöpft und zu Butter geschlagen, danach im kalten Wasser gewaschen und in Form gebracht. Es schmeckte köstlich mit einer Scheibe frischem Maisbrot und Sauermilch. Aus der übrigen Sauermilch wurde am Herd mit milder Temperatur Quark gemacht. Die Weißkrautköpfe aus dem Garten wurden eingeschnitten und zu Sauerkraut bereitet. Ende Oktober war alles erledigt. Die Folgen jener schrecklichen Nacht wurden von Tag zu Tag sichtbarer. Die beiden jungen Menschen zogen sich festlich an und ließen sich kirchlich trauen. Von nun an nannte Hans seine Frau Tina.

Weihnachten stand vor der Tür. Hans holte aus dem Wald ein kleines Fichtenbäumchen, passte es in einen Holzständer ein und stellte es in die Ecke unter das Kreuz. Mutter und Tochter schmückten das Bäumchen mit Äpfeln, Bonbons und

Watte. Glühwein, verdünnt mit Brunnenwasser und ein paar Griebenplätzchen, Sauermilch und frisches Maisbrot war für sie eine Köstlichkeit am Heiligen Abend nach vier Jahren in der Fremde. Um Mitternacht versammelte sich die ganze Gemeinde in der Pfarrkirche. Sie waren froh, nach Jahren wieder Weihnachtslieder in ihrer Muttersprache singen zu können. Sie spürten keine Kälte, waren einfach nur froh und dankbar, den schrecklichen Krieg und die Vertreibung überstanden zu haben. Der Bruder der Bäuerin, der Metzger, wurde in der ganzen Gegend zu Hausschlachtungen gerufen. Dabei brachte er seiner Schwester immer wieder Fleisch und Speck mit. So hatten sie Schweineschmalz zum Kochen und etwas Fleisch zu essen. Mutter und Tochter saßen in kalten Wintertagen in der warmen Stube und nähten Babykleidung. Alles war Handarbeit. Zu kaufen gab es in dieser Zeit nichts. Endlich schlug das Wetter um. Die Sonne brachte mit ihren warmen Strahlen den Schnee zum Schmelzen. Auf den Hügeln ragten die ersten Frühlingsboten aus der Erde. In der Frühe trillerten die Vögel, jagten einander nach und bauten ihre Nester. Kein Zweifel, der Frühling stand vor der Tür. Bei der Tochter hatten die Wehen eingesetzt. Die Hebamme, eine Schwester der Mutter, wurde eilends geholt. „Es wird noch eine Weile dauern", sagte sie. „Der Muttermund ist noch nicht weit genug geöffnet." Die Gebärende schrie vor Schmerzen, aber sie musste es aushalten. Nochmals alles aushalten. Hans war bei ihr, wischte den Schweiß von ihrer Stirn, tröstete sie. Gegen Abend kam eine Presswehe nach der anderen.

Die Hebamme schrie: „Du musst pressen, Tina, bald ist es vorbei."

Schon kam das Köpfchen, die Schultern, endlich, ein Mädchen. Sie nabelte das Kind ab, es schrie. Für einen kurzen Moment verlor die junge Mutter das Bewusstsein. Sie war völlig entkräftet von der langen Geburt. Die Hebamme wollte ihr das Kind in die Arme geben, aber sie lehnte ab. „Nein, ich will das Kind nicht, habe es nie gewollt." Was auch immer geschehen war, das Kind konnte nichts dafür. Es war gesund, hatte alle Glieder und war recht munter. Während sie das Kind mit Baden,

Wiegen und Messen versorgt hatte, entledigte sich der Körper der Wöchnerin der Nachgeburt. Danach wurde sie gewaschen und mit Einlagen versorgt. Das kleine Wesen hatte jetzt Hunger, aber die Mutter wollte es nicht an ihre Brust lassen. Nach langem Hin und Her legte die Hebamme das Kind an, ohne Erfolg. Kein Milchfluss. Jetzt hielt Hans das Kind in seinem Arm, recht unbeholfen, er wusste nichts damit anzufangen. Die Hebamme bereitete nun das Fläschchen zu, nahm das Kind in ihre Arme und ließ es trinken. „Wie soll das Kind denn heißen?", fragte sie weiter.

Die frischgebackene Großmutter betrat die Stube und sagte: „Amelie soll sie heißen." Danach legte sie das Kind in das vorbereitete Körbchen, wo es sofort einschlief. Nun galt ihre Fürsorge der Mutter, die noch immer weinte. Hans brachte ihr warme Hühnerbrühe, aber sie wollte nichts trinken, stieß ihn weg. „Ich will nur sterben. So viele Frauen sterben im Wochenbett. Warum muss ich leben? Ich habe das hier nie gewollt, es wurde mir aufgezwungen." Jetzt ging der Hebamme ein Licht auf. „Wurde sie auch …?"

Hans nickte.

„Es hilft alles nichts, Tina, Du musst aufstehen, ein paar Schritte gehen. Es besteht die Gefahr einer Thrombose und Embolie."

Unterstützt von Hans und der Hebamme ging sie bis zum Fenster und wieder zurück. Dabei schaute sie das schlafende Kind an. „Du bist Mutter, hast Verantwortung, egal, wie es dazu kam. Meine Arbeit für heute ist beendet und morgen komme ich wieder."

Hans begleitete die Hebamme noch eine Weile und erzählte von jener Nacht im Lager.

Langsam erholte sich die junge Mutter, viel Zeit hatte sie nicht, es gab viel Arbeit auf dem Bauernhof. In der Frühe des Festes „Christi Himmelfahrt" kam die Taufpatin Maria aus der Stadt, um das Kind zur Taufe in die Kreuzkapelle zu tragen. Das Kind wurde hübsch angezogen, in ein Kissen gebettet und mit einer Spitzendecke bedeckt. Bis auf Großvater, der wieder einmal von starkem Asthma geplagt wurde, begleiteten alle wie in einer Prozession das Kind. Sie gingen den steilen Weg durch die

Weinberge und wurden von der Morgensonne begleitet. Auf den Hügeln grüßten Kornelkirschen mit gelben und die Süßkirschen mit weißen Blüten. Am Weinkeller streckten Marillen ihre rosaroten Blüten den Insekten entgegen. Am Weidenkätzchen tummelten sich die hungrigen Bienen. Auch Bachstelzen stolzierten durch das frische Grün. Das Läuten der Glocken der Kreuzkapelle ertönte bis weit hinab ins Tal. Von überall kamen heute die Gläubigen zum Gottesdienst, welcher Jahr für Jahr an diesem Tag hier gefeiert wird. Der Altar war aus Stein gehauen und stand nahe am Holzkreuz, das mit seinem Längsbalken bis zur Decke ragte. Es gab keine Sitzplätze, nur ein paar Stühle heute für die Taufgemeinschaft. Der Boden war mit Steinen belegt und mit Mörtel glatt ausgestrichen. Jeder, der zu dieser Kapelle aufsteigt, genießt den herrlichen Ausblick zu den Kroatischen Bergen. Bei schönem Wetter sogar bis Marburg an der Drau. Im Osten dagegen weitet sich der Blick über das ganze Sattelbachtal. Das erste Jahr nach ihrer Rückkehr waren die Menschen froh und dankbar, wieder hier vereint zu sein.

Am Ende des feierlichen Gottesdienstes wurde das Kind auf den Namen Amelie getauft. Es hatte während der ganzen Zeremonie geschlafen. Das Kreuz wurde ihr Lebenshalt, ein Strohhalm, an dem sie sich fortwährend fest hielt.

Das Leben war hart. Es gab unendlich viel Arbeit auf dem Bauernhof, aber nur wenig helfende Hände. Zu allem Übel musste Hans noch für einige Monate zum Militär nach Osijek. Landwirte halfen einander. Sie pflügten, eggten und säten. Die Frauen legten Kartoffeln in die Reihen und säten allerlei Gemüse aus. Auch der Weinberg rief nach Arbeitern. Die frisch geschnittenen Weinstöcke mussten angebunden werden, damit der Wind die Ruten nicht abbrach. Tina fiel abends todmüde ins Bett. Auch der Großmutter ging es nicht anders. Zum Glück schlief Amelie die ganze Nacht durch und am Tag war sie bei Großvater gut aufgehoben. Er war auch der Einzige, der das Kind liebte. Nach anderthalb Jahren bekam sie ein Brüderchen, das von der Mutter sehr geliebt wurde. Die beiden Kinder wuchsen heran, wurden zur Arbeit herangezogen und hielten zusammen wie

Pech und Schwefel. Großvater erzählte ihnen Geschichten aus dem Krieg, Sagen über die Heiligen und abends erklärte er ihnen das Firmament. Es gab kein Radio und keine Zeitung und wie das Wetter morgen werden würde, sagte einem die Natur voraus. Der Tau in der Frühe prophezeite einen schönen Tag, war das Gras dagegen trocken, war der Regen nicht weit.

Mit 6 Jahren wurde Amelie eingeschult. Es war ein schlimmer Tag für das verängstigte Mädchen. Alles war ihr fremd. Niemand kannte sie. Die Lehrerin setzte sie in die zweite Reihe neben Tilli, einem Mädchen, das täglich einen 5 Kilometer weiten Weg in die Schule zurücklegen musste. Zu Hause war Brot Mangelware, aber einen Apfel für die Pause hatte sie dabei, den sie mit Amelie für ein Stück Maisbrot tauschte. Für die Grundschüler begann der Unterricht um 12:30 Uhr und dauerte bis 17 Uhr. Mit dem ABC hatte Amelie große Probleme. Sie konnte die Buchstaben nicht zu einem Wort bilden.

„Womit habe ich das verdient, ein so dummes Kind zu haben?", schrie die Mutter sie an und schlug sie auf die Finger. Sie nahm Zuflucht bei ihrem Großvater, der ihr Buchstabe für Buchstabe erklärte und siehe da, sie lernte das Buchstabieren. Mit der Zeit wurde die Schule ihre Freundin, sonst durfte sie keine haben. Vor der Schule und auch abends wieder musste sie im Haushalt helfen: Holz für den nächsten Tag auffüllen, Wasser aus dem Gemeindebrunnen holen und Federvieh versorgen. Zum Spielen war keine Zeit. Als sie älter wurde, war auch der Schweinestall ihr Revier. Ihr Bruder dagegen musste im großen Stall mitarbeiten. Mit der Schule schloss er keine Freundschaft. Hausaufgaben schrieb er von seiner Schwester ab. Beide verband tiefe geschwisterliche Liebe und beide fürchteten den strengen Vater, der sie für jede Kleinigkeit bestrafte. Sie mussten auf den Körnern knien oder bekamen Schläge mit der Rute über den Rücken gezogen. Die beiden mussten einander genügen, denn Freunde durften sie nicht haben. Bei der Heuernte halfen sie mit, in dem sie auf dem Heuboden das Heu stampften. Aus den alten Bohlen ragte ein rostiger Nagel, in den ausgerechnet Amelie hinein trat. Sie hob ihren Fuß hoch, befreite sich von dem Übel und arbeitete weiter. In der Nacht bekam sie starke Schmerzen im vorderen Fußbereich, konnte nicht auftreten. Sie traute sich endlich, zu berichten, dass sie Schmerzen hatte.

„Kannst Du nicht aufpassen, das hast Du jetzt davon. Zu dumm zu allem", schimpfte die Mutter weiter.

Nach der zweiten Nacht waren die Schmerzen nicht mehr auszuhalten. Sie bekam hohes Fieber, der Vorfuß um die kleine Zehe war hochrot und angeschwollen. Ein kleiner roter Strich wanderte in Richtung Knie. Auf dem Gepäckträger brachte die Mutter sie in die Ordination des örtlichen Arztes. Er warf nur einen Blick auf das fiebrige Mädchen und ihren Fuß, blickte auf seine Armbanduhr und sagte: „Sofort ins Krankenhaus! In 10 Minuten fährt der Bus in die nahe liegende Stadt. Hier haben Sie meine Überweisung. Beeilen Sie sich. Es sieht nach Blutvergiftung aus."

Während der 25 km Fahrt sprach die Mutter kein Wort mit ihr. Sie war nur sauer, dass sie inmitten der vielen Arbeit noch ins

Krankenhaus musste. Weil Amelie den ganzen Tag nichts essen und trinken konnte, landete sie sofort auf dem OP-Tisch. In kurzer Äthernarkose wurde unter dem kleinen Zeh ein Entlastungsschnitt durchgeführt, damit Eiter abfließen konnte. Sie musste über Nacht im Krankenhaus bleiben, die Mutter aber wurde gleich bei der Ankunft heimgeschickt.

„Du hast Glück gehabt, mein Kind, einen Tag später würdest Du mit den Engeln singen."

„Das wäre aber schön, Herr Doktor", sagte Amelie.

Im Laufe des Tages wurde sie vom Onkel auf dem Motorrad heimgebracht. Zuvor kaufte er ihr einen neuen Schulranzen, den sie selber aussuchen durfte, und Hefte und Stifte dazu. Sie war noch schwach, hatte Schmerzen im Fuß, wurde aber sogleich zur Arbeit angetrieben. Mutter machte ihr Vorhaltungen, wie viel sie wieder gekostet hatte. Die Sommerferien begannen im Juni, damit die Kinder bei der Landwirtschaft helfen konnten. Viele freuten sich auf die Ferien, aber Amelie wäre lieber in der Schule geblieben. Der Sommer war heiß und schwül. Bereits im Juli begann die Weizenernte. In der Frühe um 2 Uhr standen sie auf. Mit der Sense mähte der Vater das goldgelbe reife Korn, Reihe für Reihe. Mutter und die Kinder, manchmal noch die Großmutter, sammelten es und banden Garben. Über Mittag heizte die Sonne mächtig auf, so sehr, dass alles Lebende Schatten suchte. Die Familie ruhte sich aus. Am späten Nachmittag holten sie mit dem Ochsenkarren die Garben ab und verteilten sie daheim zwischen Holzbalken zum Trocknen. Sobald die ganze Frucht abgemäht und daheim gelagert und getrocknet war, wurde gedroschen. Die Nachbarn halfen hier einander gern, weil es an solchen Tagen ganz besonders Gutes zum Essen gab. Kaum war die Frucht versorgt, mussten noch Mais, Rüben, Stangenbohnen und Kürbisse gehackt werden. Auch die Krautpflanzen brauchten Dünger und Wasser. Die Kinder waren müde, konnten nicht mehr, aber sie durften sich nicht ausruhen, mussten weiter arbeiten. Das Leben war hart und schwer. Sie kannten nichts anderes als arbeiten.

„Oh wie schön wäre es jetzt in der Schule", dachte Amelie bei dem abendlichen Wasserschöpfen aus dem Gemeindebrunnen. „Es sind Ferien, aber ich habe keine Zeit zum Lesen." Die einzige Freude waren jetzt im August die ersten reifen Trauben im Weinberg. Ihnen folgten saftige Aprikosen und Pfirsiche. Der Gang zum Sonntagsgottesdienst in die Pfarrkirche war für Amelie selbstverständlich. Ihr Bruder aber spielte in dieser Stunde lieber Fußball. Auf dem Heimweg erklärte sie ihm die Predigt, die der Vater immer wissen wollte. Eine Art Prüfung, ob sie wirklich in der Kirche waren, er selbst blieb ihr fern. Der Sommer neigte sich dem Ende zu, der zweite Grasschnitt war bereits unter dem Dach. Endlich, Mitte September, begann die Schule und Amelie kam in die 5. Klasse. Neue Fächer kamen in den Stundenplan. Die erste Fremdsprache Deutsch, Geschichte, Erdkunde, Slowenisch, Mathematik und Sport. Dumm nur, dass der Unterricht bereits um 7.30 Uhr begann und sie noch um 7 Uhr in der Molkerei Milch abliefern musste. Danach ging es im Eiltempo noch 2 km zur Schule. Sie wollte ja pünktlich ankommen, was aber nicht immer gelang. Gerne hätte sie an der Englisch AG teilgenommen, weil diese schon um 7 Uhr begann, kam es für sie nicht in Frage. Die Zeit für den Heimweg wurde ihr vorgeschrieben. So schnell wie möglich sollte sie heimkommen, damit sie noch einiges auf dem Feld schaffen konnte. Zum Lernen blieb ihr keine Zeit. So stand sie jeden Morgen um 4 Uhr auf, machte Feuer im Herd, damit sie warmes Wasser zum Waschen hatte. Dann machte sie die Hausaufgaben und lernte auswendig. Beim Geschirrabspülen am Sonntag verletzte sie ihren Mittelfinger an einem Messer. Sie wischte das tropfende Blut ab und schenkte der Sache keine weitere Aufmerksamkeit, bis der Finger anschwoll und entsetzlich schmerzte. Der Vater nahm eine Rasierklinge, ritzte die Wunde ein, nicht ahnend, welche Folgen sein Tun haben würde. Die ganze Mittelhand schmerzte so sehr, dass sie nicht einmal mehr schreiben konnte.

„Du bist einfach zu dumm, nicht mal Geschirr spülen bringst Du fertig", schimpfte die Mutter.

Und sie schwieg. Vor Schmerzen hätte sie schreien können, aber sie weinte nur noch. Zum Glück kam die Schuluntersuchung durch den Amtsarzt. Er streckte ihr seine Hand entgegen, um sie zu begrüßen. Amelie verweigerte ihm die ihre.

„Was hast Du, Kind?" fragte er mit besorgter Miene.

Sie zeigte ihm ihre Hand.

„Tut es sehr weh?" fragte er ernst. „Ist Deine Mutter auch dabei?"

„Ja."

„Sobald ich hier fertig bin, kommst Du mit Deiner Mutter in die Ordination. Der Finger muss aufgeschnitten werden, so geht das nicht", sagte der Amtsarzt.

Amelie ging im Flur hin und her und wartete auf die Mutter.

„Wir gehen heim", schrie sie.

„Nein, Mutter, der Finger muss aufgeschnitten werden."

Sogleich wurde sie von der Schwester gerufen. Auch die Mutter musste mit. Sie setzten das Mädchen auf einen Stuhl, gaben ihr ein Glas Wein zu trinken, sozusagen als Betäubung. Der Arzt hatte mit einem solchen Eingriff nicht gerechnet. Er sah sich in der Pflicht, dem Kind zu helfen. Die Mutter musste den Arm der Tochter festhalten, während die Schwester die Hand mit Jod desinfizierte. Mit einem Skalpell schnitt er den Mittelfinger seitlich und in der Mitte auf, so dass der Eiter abfließen konnte. Das Mädchen schrie erst auf, als der Arzt die Tamponade durch die Öffnung schob. Danach bekam sie einen festen Verband und Verbandstoff für zu Hause.

„Passen Sie besser auf Ihr Kind auf", ermahnte er die Mutter. Wichtig war nur, dass dabei keine Kosten zu begleichen waren. Die Schwester gab noch weitere Anweisungen für den Verbandswechsel und sagte, sie solle den Finger in lauwarmem Kamillentee baden. Amelie war vom Wein noch etwas benommen, tappte langsam hinter der Mutter her, diese aber hatte nur Schimpfworte für sie übrig. Ihr ging es nur um die Arbeitskraft und nicht um die Gesundheit ihrer Tochter. Sicher, es gab viel zu tun auf einem Bauernhof, klar, dass jede helfende Hand gebraucht wurde.

Am Ende des Schuljahres musste jede Klasse 1 km in Eiltempo zurücklegen. Die Ersten bekamen dann einen Preis. Nachdem die Klasse die Hälfte des Weges zurückgelegt hatte, brach Amelie zusammen. Sie schnappte nur noch nach Luft.

„Auf, los Mädchen, sonst bekommen wir den Preis nie."

Sie konnte nicht aufstehen, hustend, mit der Atemluft kämpfend, blieb sie am Straßenrand sitzen. Niemand interessierte sich für sie, nur eine 3 stand im Zeugnis für Sport. Im Erwachsenenalter wurde später ein Fehler der Pulmonalklappe diagnostiziert, der angeboren war. Es machte ihr im normalen Alltag keine Probleme, aber bei großer Anstrengung kam es zu Atemnot, weil die Klappe nicht vollständig schloss und das Blut, das die Lunge versorgte, dann zurücklief. Sie wurde als eine Schülerin eingestuft, die sich nicht anstrengen wollte und zu faul zum Laufen war. In der 6. Klasse kamen zu den vorhandenen Fächern noch Botanik und Biologie dazu. Das Schlimme war jetzt noch, dass für jede Blume und Pflanze lateinische Namen gelernt werden mussten.

„Wie soll ich das denn schaffen und noch 5 Bücher über das Jahr lesen und dann in Kurzfassung wiedergeben?"

An den kühlen Tagen fand Sport in der Turnhalle statt. Alle mussten sich in einer Reihe aufstellen und dann einer nach dem anderen über den mit braunem Leder bezogenen Bock springen. Bei dem Sprung rutschte dem Mädchen das Oberteil nach oben, sodass die Striemen an ihrem Rücken sichtbar wurden. Die Sportlehrerin verzog ihr Gesicht, verlor aber kein Wort darüber.

Auf dem Holzplatz lagen seit Tagen Buchenstämme und warteten auf die Säge. Es war ein sonniger Oktobertag.

„Heute ist die günstige Gelegenheit", sagte der Vater, hievte die Stämme auf einen Holzbock und schärfte die 2 m lange Handsäge. „So, Amelie, Du hilfst heute Holzsägen."

„Aber Vater, ich muss lernen und noch ein Buch lesen."

Er schrie sie an: „Das Bücherlesen werde ich Dir schon noch austreiben, Du bist zum Arbeiten da."

Sie zogen die Säge hin und her. Ein Holzklotz nach dem anderen fiel zu Boden.

„Vater, ich kann nicht mehr, meine Arme schmerzen."

Er hatte kein Einsehen, legte einen neuen Stamm auf. „Zieh!" schrie er. Sie jammerte, weinte. Er war wütend, schnitt eine Dornenrute ab, schlug sie damit auf ihre dünnen Oberschenkel, so heftig, dass das Blut bis zu den Knöcheln tropfte.

Sie schrie so laut vor Schmerzen und Angst, dass der Großvater in der Stube ihr Weinen hörte. Sich auf seinem Stock stützend ging er auf Hans zu, drohte ihm mit seinem Stock und brüllte: „Schämst Du Dich nicht, das Kind so zuzurichten?"

„Ich werde ihr das Bücherlesen schon noch austreiben!" schrie er zurück. Mutter stand an der Haustür und ließ zu, dass ihr Kind so misshandelt wurde. Großmutter umsorgte Amelie, wusch ihr das Blut ab, zerriss altes Leinen und verband ihre Beine. Sie trocknete ihre Tränen und tröstete sie. Mit der Zeit heilten die Wunden an ihren

Beinen, ihre Seele aber blieb tief verletzt und sie war unendlich traurig. Mutter nahm keine Notiz von dem Geschehen und verlor nicht ein einziges Wort darüber. Amelie durfte die Bücher nicht lesen, musste aufs Feld zum Arbeiten. Sie sei ja zu dumm, um eine Kurzfassung wieder zu geben. Mutter blieb zu Hause, las die Bücher, schrieb Kurzfassungen, die Amelie dann abschreiben musste. In den letzten Klassen bekam sie noch das Fach Chemie, sie liebte es sehr, dagegen konnte sie Physik überhaupt nicht leiden. „Das ist etwas für Jungs", sagte sie immer wieder, „für uns Mädchen uninteressant." Mit der Note 4, Zweitbeste in dieser Zeit, schloss sie die Mittelschule ab. Sie bedauerte sehr, dass die Schulzeit zu Ende war. Gerne würde sie in der Kreisstadt weiter machen, aber für die Kosten würde niemand aufkommen. Bei dem Amtmann auf dem Rathaus wurde sie vorstellig. „Vielleicht kann er mir helfen?" dachte sie.

„Es lässt sich sicher etwas arrangieren", meinte der hochgewachsene Herr mit vollem, an den Schläfen ergrauten Haar. „Du musst Deiner Kirche absagen, sind sowieso lauter Lügen und bekommst unseren roten Ausweis."

„Nein", widersprach Amelie. „Kommunistin will ich nicht werden."

„Dann bleibst Du weiterhin Magd auf Eurem Hof."

Sie drehte sich um, verließ wortlos die Amtsstube und ließ die Tür hinter sich ins Schloss fallen. Auf dem Heimweg rang sie mit sich, rief nach Gott und zweifelte an sich. Es war keine Hilfe in Sicht. Dann fiel ihr die Geschichte ihres Pfarrers ein:

„Ein Mann beklagt sich bei Gott, dass er ihm versprochen hatte, immer bei ihm zu sein, aber im Sand sehe er nur eine Spur. Wo warst Du, Gott, wo ich Dich am meisten gebraucht habe? Mein Kind, sagt Gott, da habe ich Dich getragen."

„Trägst Du mich auch?" fragte sie, den Blick zum Himmel gerichtet. „Ich verlasse mich ganz auf Dich. Zeige mir den Weg, bitte." Sie war inzwischen zu einer hübschen jungen Frau herangewachsen. Ihr Haar war kastanienbraun und sie hatte blaue Augen. Was sollte ihre Zukunft sein?

„Noch 4 Jahre bis zur Volljährigkeit muss ich hier aushalten." Der Mutter konnte sie nichts recht machen, sie wurde nur beschimpft und gedemütigt. An Samstagen schrubbte sie kniend den Küchenboden.

Vater hatte sich wieder einmal geärgert. Mit großer Wucht stieß er den vollen Putzeimer um und schrie sie an: "Dir werde ich schon Putzen beibringen."

Großmutter pflegte regen Kontakt mit der Grande Dame, Gasthausbesitzerin aus der Kriegszeit in Aulendorf. Mit Amelie sprach sie jetzt nur Deutsch, das sie fließend beherrschte. Schließlich wurde zur K und K Zeit hier deutsch gesprochen und in der alten Schrift geschrieben. An einem Sonntagnachmittag kam die Frage auf, wer den Hof einmal übernehmen werde oder sollte.

„Ich würde ihn gerne übernehmen", meldete sich Amelie.

Da stellte sich die Mutter vor sie und sagte: "Du nicht! Dein Bruder wird ihn übernehmen."

Weil der Hof Eigentum der Mutter war, hatte in dieser Sache Vater nichts zu melden. Sie wusste jetzt, dass sie fort musste, weit fort. Sie fasste einen Entschluss, den die Großeltern unterstützten. Sobald sie volljährig wäre, wollte sie sich einen Reise-pass mit Touristenvisum besorgen, und dann wollte sie weg, weit weg. Der Gedanke daran ließ sie die Zeit besser ertragen. Auch der Pfarrer der Gemeinde unterstützte sie in ihrem Vorhaben, da er die Situation kannte, aber darüber schweigen musste.

Den ganzen Tag schuftete sie auf dem Feld oder im Weinberg, wobei sie ständig die Angst vor dem Vater begleitete. Als sie 13 Jahre alt war, musste sie einen Apfelstrudel im Holz-Kohlenherd backen. Sie hatte keine Erfahrung damit, wie man den Ofen mit Buchenholz befeuerte. So bekam der Ofen zu viel Hitze und der Strudel eine dunkle Farbe. Dafür schlug sie der Vater auf den nackten Po und später musste sie das Verbrannte essen.

Endlich war es soweit. Sie war volljährig. Allein schon der Gedanke daran, sich endlich zu befreien, ließ ihr Herz höher schlagen. Großmutter hatte bereits ihren braunen kleinen Koffer mit Silberbeschlägen geholt. Amelie hatte wenig einzupacken. Ein Kleid, Rock, Bluse, Weste und etwas Unterwäsche. Dazu hatte ihr Großmutter

eine Handtasche mit ihrem Spitzenta-
schentuch bereitgelegt.

Großvater gab ihr sein Erspartes. „Hier",
sagte er, „es ist nicht viel und ich werde es
nicht mehr brauchen."

Alles war bereit. Sie musste nur den pas-
senden Zeitpunkt abwarten. Ohne Abschied von ihrem Pfarrer wollte sie nicht
fort. Nach der Frühmesse nahm sie Abschied. Er gab ihr einen silbernen Rosenkranz, der mit Rubinen besetzt war. „Damit Du in der Fremde nicht vergisst, was
ich Dich gelehrt habe." Sie kniete nieder
und er segnete sie. Beide weinten. Bis zu
seinem Tod wanderten Briefe hin und her.
Die Eltern hatten in der Stadt zu tun, würden erst abends heimkommen. Die Gelegenheit war günstig. Der Bruder, der ihr
viel Glück wünschte, umarmte sie innig.
Die Großmutter hatte sie bereits in Aulendorf angekündigt und der Großvater
drückte sie noch einmal fest an sich. „Leb
wohl, mein Kind, wir werden uns nicht
mehr sehen!" sagte er leise. „Meine Lunge
will nicht mehr. Werde glücklich, vergiss
uns nicht."

„Ja, Großvater, versprochen."

„Wenn Du jetzt auf dem Steg über den Sattelbach gehst, werfe alles Leiden, das Du hier ertragen hast, in das Wasser, damit Du endlich Du sein kannst und frei."

Sie hatte nur Minuten bis zum Bahnhof, wo die dampfende Lok mit ihren Waggons bereits wartete. Ein letzter Blick zu den Weinbergen und der Kreuzkapelle. Wie sehr hatte sie diesen Augenblick herbeigesehnt, endlich wegzugehen, weit weg. Die schöne Landschaft zu verlassen, dabei nicht zu wissen, was sie in der Fremde erwartete, machte sie traurig. Nein, es gab kein Zurück und schon bewegte sich der Zug mit der schnaufenden, dampfenden Lok in Richtung Zagreb. Im Sattelbach Tal grasten Kühe und die Kornfelder erstrahlten in der Mittagssonne. Das Adlergebirge mit seiner Burgruine war majestätisch wie immer und grüßte zum letzten Mal. Nach zwei Stunden Fahrt hielt der Zug in Zagreb, wo am Gleis 1 der Zug nach München wartete. Schnell wurde noch die Fahrkarte besorgt und ein Platz gesucht. Jetzt erst meldete sich der hungrige Magen. Großmutter hatte vorgesorgt, feinsäuberlich eingepackt in einer Stoffserviette fand sie

Brot, Salami, Obst und ein Fläschchen Wasser. Langsam verließ der Zug den Hauptbahnhof in Richtung Österreich. An der Grenze wurde die Lok ausgewechselt. Zöllner betraten das Abteil, kontrollierten Ausweispapiere, fragten nach zollpflichtigen Gegenständen. Langsam fuhr der Zug weiter.

In Salzburg gab es eine erneute Kontrolle der Zöllner. Endlich erreichten sie München. Amelie stieg aus, sie war völlig mit der neuen Umgebung überfordert, dazu machten ihr die vielen Menschen Angst. Wohin jetzt? Sie zeigte einem Zugbegleiter, der sich gerade einen Kaffee gönnte, ihre Fahrkarte, bat um Hilfe. Er zeigte ihr den schon wartenden Zug nach Ulm. „In Ulm müssen Sie wieder umsteigen nach Aulendorf. Sie kommen am Gleis 2 an. Auf dem Gleis gegenüber wartet bereits Ihr Zug nach Aulendorf."

Sie kam dort gegen Mittag an. Sie nahm ihr Notizheft aus der abgenutzten Handtasche, suchte nach der Zeichnung, die ihre Großmutter angefertigt hatte, um ihr den Weg zum Gasthaus der alten Dame zu zeigen. Ihr Herz pochte, aber sie war mutig, drückte auf den Klingelknopf und wartete, sie hatte keine Ahnung und keine Vorstellung von der alten Dame.

Die gepflegte alte Dame mit dunklem Haar, in dem sich einige graue Fäden zeigten, öffnete.

„Guten Tag!" sagte Amelie mit schwacher Stimme.

„Du musst Amelie sein, genau so schön wie damals Deine Mutter, nur etwas größer. Deine Großmutter hat Dich angekündigt, hat mich gebeten, Dir zu helfen."

„Werden Sie mir helfen, gnädige Frau?"

„Aber Kind, nenne mich bitte nicht gnädige Frau, ich bin eine einfache ehemalige Gasthausbesitzerin und sonst nichts. Mein Mann war zur Kriegszeit eine Persönlichkeit. Er ist vor Jahren verstorben. Ja, ich werde Dir helfen, habe schon einiges in die Wege geleitet, habe meine Beziehungen spielen lassen. Du bist sicher müde von der langen Fahrt und hungrig."

„Beides", antwortete sie.

„Ich hätte nicht gedacht, dass Du schon so gut die deutsche Sprache beherrscht."

„Das habe ich der Großmutter zu verdanken. Wir haben viel geübt und in der Schule war ich die Beste in Deutsch."

„Nachdem Du gegessen und Dich ein wenig ausgeruht hast, reden wir weiter. Ich habe Dir das Gästezimmer zurechtgemacht. Hier kannst Du Dich ausruhen, solange Du möchtest."

Sie war von der langen Fahrt übermüdet. Die Gedanken an zu Hause ließen sie nicht in Ruhe. Sicher werden sie die Arbeitskraft vermissen, aber sie als Mensch weniger.

So war es ganz genau. Als sie abends nach Hause kamen, wunderten sie sich. Kein Feuer im Herd, kein Wasservorrat und kein Holz in der Kiste. Sie riefen nach ihr, niemand antwortete.

„Sie ist fort", berichtete ihnen der Bruder, „weit fort, für immer. Nächste Woche gehe ich auch. Der Einberufungsbescheid ist heute gekommen, ich muss zu den Soldaten. Sobald die Militärzeit beendet ist, gehe auch ich weit fort."

„Das kannst Du uns nicht antun, Du musst doch den Hof übernehmen", redete die Mutter auf ihn ein.

„Nein, ich habe keine Freude an der Landwirtschaft und verändern würde ich auch
nichts dürfen. Amelie dagegen liebte die
Landwirtschaft, jede Blume, jede Pflanze,
jeden Baum. Sie träumte davon, etwas
Schönes aus diesem Anwesen zu machen,
aber Ihr habt sie behandelt wie eine Skla-
vin. Jetzt ist sie fort und kommt nie wieder
zurück."

„Was wird aus uns?" fragte die Mutter
weiter.

„Das hättet Ihr Euch früher überlegen
müssen, jetzt ist es zu spät."

Amelie war auf dem schönen weichen Bett
eingeschlafen. Die alte Dame wartete mit
dem Abendbrot in ihrem kleinen Esszim-
mer, das mit antiken Möbeln ausgestattet
war. Als sie dann beisammen saßen, erzählte Amelie von zu Hause, ließ aber kein
Wort verlauten über die Vorkommnisse.
Aber die alte Dame war durch die Großmutter bestens informiert und ließ sich
nichts anmerken. „Hab keine Angst, es
wird alles gut werden. Morgen gehen wir
zur Fabrikantenfamilie hier in der Stadt.
Sie brauchen jemanden für den Haushalt.
Ich habe ihnen von Dir erzählt, sie freuen

sich schon, Dich zu sehen. Es ist eine Groß-
familie: Der Gründer der Firma, seine
Frau, beide um die 80 Jahre, die Tochter
mit Mann und 3 heranwachsenden Kindern. Du bekommst ein eigenes Zimmer,
Monatsgehalt und versichert bist Du dann
auch."

„Wie soll das denn gehen?", fragte Amelie
besorgt, „wo ich noch keine Arbeitspapiere
besitze?"

„Mach Dir keine Sorgen, ich habe an alles
gedacht."

Gesagt getan. Amelie wurde aufgenom-
men wie ein weiteres Familienmitglied.
Die Kinder nahmen sie in ihre Mitte und
führten sie durch die Villa. Sie durfte mit
am Tisch speisen, sich aus der Suppenter-
rine selbst bedienen. Abends half sie der
Tochter bei der Pflege der alten Eltern. Sie
genossen den liebevollen Umgang der
fremden Helferin und waren dankbar für
die allabendlichen Fußbäder. Nur mit der
Sprache gab es Probleme. Schwäbische
Wörter standen nicht in ihrem Wörter-
buch. Sie musste immer wieder nachfra-
gen, lernte schnell. Sie bekam auch ihre
Dokumente und durfte für ein Jahr bleiben

und arbeiten. Nach Hause schrieb sie nur, dass es ihr gut gehen würde. An den Sonntagen begleitete sie die Jugendlichen zum Gottesdienst und konnte sich an der Schönheit des barocken Gotteshauses nicht satt sehen. Die Arbeit im Haushalt machte ihr große Freude, dabei lernte sie immer etwas Neues dazu. Sonntagnachmittag hatte sie frei. Beim Mittagessen wollte der Hausherr wissen, was sie mit dem freien Nachmittag vor hätte.

„Ich möchte heute mit dem Zug nach Saulgau fahren und dann Kloster Sießen aufsuchen."

„Aber Amelie, Du wirst doch nicht ins Kloster gehen?"

„Nein, das nicht. Ich möchte nur den Ort sehen, wo meine Eltern, Großeltern und einige Verwandte die Kriegsjahre verbracht haben. Manche haben sie ja nicht überlebt."

„Wir können ja gemeinsam hinfahren", schlug der Hausherr vor.

„Danke, sehr nett von Ihnen, aber heute möchte ich alleine hin."

Sie stieg in Saulgau aus, hatte keine Ahnung, wo das Kloster Sießen war. So fragte sie Passanten nach dem Weg, bis sie endlich am Krankenhaus das Straßenschild Sießener Weg entdeckte, auf dem sie zum Kloster kam. Es waren genau 21 Jahre her seit jenem Oktober, an dem die Slowenen das Lager verlassen durften und wieder in ihre Heimat zurückkehrten. Kastanienbäume glänzten mit ihren bunten Blättern vor dem Eingangstor. Ihr Herz raste, sie atmete schwer. Eine Amsel flog ganz nah vorbei.

„Der Vogel hat keine Angst, findet sein Nest und ich? Was hoffe ich hier zu finden?" Sie schritt durch den großen Bogen der Klosteranlage, war überwältig von der Schönheit, die sich vor ihren Augen ausbreitete. Sie konnte nicht glauben, dass vor Jahren hier Schreckliches und Unmenschliches geschehen war. Die herbstlichen Sonnenstrahlen ließen die Anlage in herrlichen Farben erstrahlen. Sie suchte nun nach dem Brunnen, von dem ihr so viel erzählt worden war.

Eine Ordensfrau, Franziskanerin, kam des Weges. Sie grüßte sehr freundlich. „Suchen Sie jemanden? Kann ich Ihnen helfen?"

„Ja", sagte Amelie, „ich denke schon.

Während des Krieges war hier ein Lager, in dem viele Slowenen unfreiwillig 4 Jahre ihres Daseins fristeten. Es tut mir sehr leid, das war vor meiner Zeit. Gibt es Aufzeichnungen darüber?" wollte Amelie wissen.

„Leider nein. Beim Einmarsch der Franzosen haben die Besatzer alles restlos vernichtet. Warum interessiert Sie das denn ?" wollte die Ordensfrau wissen.

„Ich bin die Tochter einer Slowenin, der hier etwas Schlimmes widerfahren sein muss. Ich bin einfach nur auf der Suche nach der Wahrheit. Genau vor 20 Jahren an einem sonnigen Oktobertag, so wie heute, durften die hier im Lager lebenden Slowenen wieder in ihre Heimat zurück."

Endlich entdeckte sie den Brunnen. Er sah genauso aus wie in den Erzählungen. „Es ist heute so schön hier, so friedlich, dass man die Seele baumeln lassen könnte." Dabei setzte sie sich auf die Holzbank neben den Brunnen.

„Dann kommen Sie doch wieder", bat sie die Ordensfrau.

„Ja, das wäre schön. Aber ich bin nur eine arme junge Frau, habe nichts und bin nichts. Zum Glück habe ich eine

Anstellung bei einer liebenswerten Familie." Ihr Blick auf die Armbanduhr verriet, es war höchste Zeit, der Zug wartete nicht. Sie war noch rechtzeitig zum Abendbrot zurück. Der Hausherr wollte nun wissen, ob sie eine Auskunft bekommen hatte, nach der sie gesucht hatte.

„Leider nein", antwortete sie.

„Und warum nicht?"

„Es gibt nichts im Archiv aus jener Zeit von 1941 bis 1945, alles wurde vernichtet."

„Und was dachtest Du zu finden?" fragte der Hausherr weiter.

„Ich weiß es selber nicht genau. Vielleicht meine Identität." Sie trank nur Tee, Essen konnte sie nichts. Trauer legte sich um ihr Herz. Tränen rollten über ihre blassen Wangen und sie wusste nicht einmal, warum. Im Gebet kam sie ein wenig zur Ruhe und war dankbar, bei dieser Familie sein zu können. Sie lernte viel und schnell. Schwäbisch kochen, sparsam haushalten, sich noch um die alten Eltern kümmern und die Villa in Ordnung halten. Die Kinder mochten sie, keine Frage, sie war wie ihre große Schwester.

Beim Stadtfest begleitete sie die Jugendlichen am Nachmittag auf den Festplatz. Sie wollten mit ihren Schulfreunden tanzen. Amelie setzte sich auf eine Bank mit dem Blick zum Tanzpodium. In Gedanken versunken mit Apfelsaftschorle in der Hand saß sie allein an dem langen Tisch. Ein Mann um die 30 kam auf sie zu und bat sie zum Tanz.

„Danke", sagte sie, „ich kann nicht tanzen. Ich bin die Begleitung der Jugendlichen."

„Darf ich mich wenigstens zu Ihnen setzen?"

„Sicher, es ist genug Platz."

Er reichte ihr die rechte Hand. „Ich heiße Hermann", sagte er. „Und Sie? Wie heißen Sie?"

„Amelie."

„Sie sind nicht von hier?"

„Nein", antwortete sie. „Von weit her."

Der Blick auf seine Armbanduhr mahnte ihn, nach Hause zu gehen. „Ach je, schon so spät. Meine Kühe müssen gemolken werden und Hunger haben sie um diese Zeit auch."

„Ich weiß", sagte Amelie verständnisvoll. „Ich komme auch von einem Bauernhof."

„Werde ich Sie wieder sehen?"

„Wenn es der Zufall will", antwortete sie freundlich.

„Wer war das denn?" fragte eines der Kinder. „Es riecht nach Stall."

„Ihr meint, es stinkt. Das ist Parfum der Landwirtschaft. Ich denke", sagte Amelie weiter, „es war ein Landwirt, der sich um seine Kühe kümmern muss, damit wir immer genug Milch haben, dazu noch Käse und Butter und manches mehr."

„Kennst Du ihn?" fragte eines der Kinder.

„Nein, ich habe ihn noch nie gesehen."

Hermann kam an diesem Spätnachmittag wie ausgewechselt heim. „Was ist mit Dir?" fragte seine Mutter, mit der er allein lebte. „Du bist so fröhlich heute."

„Ich bin heute einer jungen Frau begegnet", sagte er, während er sich für die Arbeit im Stall umzog. „Sie geht mir nicht aus dem Kopf. Ich muss sie wiedersehen."

Amelie hatte längst die Begegnung mit Hermann vergessen. Sie fühlte sich bei der Familie gut aufgehoben und dennoch war sie traurig. Trotz des Schweren, das sie daheim erleben musste, ließ sie die Verbindung nicht abbrechen. Sie schrieb zu den Festtagen, schickte Glückwünsche zu Geburtstagen, aber sie erhielt keine Antwort. „Sie haben mich vergessen", dachte sie. Nicht einmal zum Geburtstag bekam sie ein paar Zeilen. „Du sollst Vater und Mutter ehren, ja, so sagt es das 4. Gebot. Aber lieben kann ich sie nicht." Je mehr sie darüber nachdachte, desto trauriger war ihr Herz. Bei Jesaja heißt es: „Wenn Dich auch alle vergessen, ich, Dein Gott, vergesse Dich nicht. Bei Deinem Namen habe ich Dich gerufen, mein bist Du." Der Glaube war ihr einziger Trost, ein Strohhalm, an dem sie sich festhielt, und Kraft, so dass sie am Leben nicht verzweifelte. Bei den Vorbereitungen vor Weihnachten vergaß sie vor lauter Arbeit ihr Los und versuchte, auf andere Gedanken zu kommen. Über Nacht fiel Schnee und verwandelte die Natur in eine Märchenlandschaft. Wehmut stieg in ihr auf, Trauer legte sich um ihre Seele. Sie war ahnungslos, bis ein Brief der Großmutter sie erreichte, dass der geliebte Großvater heimgegangen sei. Jetzt begriff sie ihre Trauer. Noch beim Sterben hatte er an sie gedacht, so schrieb die Großmutter. Und ein Geheimnis hätte er noch gehabt, er hatte es mitgenommen in die Ewigkeit, wo es gut aufgehoben sei. Amelie war untröstlich. Allabendlich betete und weinte sie zugleich um ihren geliebten Großvater, der sie als einziger lieb hatte. Es half alles nichts, das Leben ging weiter. Warme Sonnenstrahlen weckten die schlafende Natur wieder auf. Auch Amelies Herz schien die Trauer um den geliebten Großvater langsam zu überwinden. Wie gerne hätte sie noch ein paar Blumen auf sein Grab gelegt, ihm für alles gedankt. Es war unmöglich, viel zu weit weg in der Untersteiermark, so blieb nur die liebevolle Erinnerung an den geliebten Menschen.

Sie musste noch für die Familie Besorgungen machen. Noch in Gedanken versunken betrat sie die Bäckerei in der Hauptstraße. Aus der Nebentür kam Hermann mit einem Laib Brot im Arm. Voller Freude rief er ihr zu: „Amelie! Bist Du es wirklich?"

„Ja, und Sie?"

„Der Mann vom Sommerfest, schon vergessen? Wollen wir nicht schnell noch eine Tasse Kaffee miteinander trinken?"

„Ja, gern", willigte sie ein, „so viel Zeit habe ich noch, dann muss ich aber los."

„Ich musste in den vergangenen Monaten immerfort an Sie denken."

„Warum denn?" fragte sie überrascht und nippte an ihrem Kaffee. Sie war noch nie verliebt und hatte auch noch nie erlebt, auch nicht für möglich gehalten, jemandem zu gefallen. In diesem Moment regte sich etwas noch nie Dagewesenes in ihr, das sie nicht begriff.

„Jetzt muss ich aber heim zum Kochen", sagte sie leise.

„Darf ich Sie wiedersehen? Vielleicht am Sonntag, wenn Sie frei haben? Sagen Sie einfach ja."

„Ja, sagen wir um 14 Uhr vor dem Gartentor der Villa."

Hermann war selig. „Mutter, Mutter!" rief er laut. „Ich habe sie gefunden. Jetzt lasse ich sie nicht mehr los. Wir treffen uns am Sonntagnachmittag wieder."

„Schön, dann bring sie zum Kaffee mit."

Hermann konnte den Sonntag kaum erwarten. Seine gute Laune war nicht zu übersehen und die Arbeit im Stall ging wie von selbst. Was wohl seine Kühe gedacht haben mögen, wenn sie denken könnten, bei so viel Freude. Beim Pflügen und Eggen auf seinen Feldern konnte er an nichts anderes denken als an Amelie. Jetzt hatte seine Arbeit wenigstens einen Sinn.

Endlich kam der ersehnte Sonntag. Amelie wartete bereits am Toreingang der Villa und Hermann war pünktlich. Sie konnte nicht verstehen, dass sich jemand für sie interessierte, wo sie doch nur ein Dienstmädchen war. Dass sich Hermann in sie verliebt hatte, ahnte sie noch nicht. Er wollte ihr heute sein Zuhause zeigen und sie seiner Mutter vorstellen, die bereits mit dem gedeckten Tisch und duftendem Kaffee auf die beiden wartete. Der Bauernhof, etwas außerhalb der Ortschaft, von der Frühlingssonne beschienen, strahlte ihnen entgegen.

„Das ist mein Zuhause, Amelie." Dabei schaute er sie liebevoll an, „und ich wäre glücklich, wenn es einmal auch Deins wäre."

Sie wusste nicht, was sie antworten sollte.

Die Mutter kam aus der guten Stube, freute sich, die beiden zu sehen. Die Zeit verging wie im Fluge, die Kühe riefen laut und Hermann musste in den Stall.

„Soll ich mit?" fragte Amelie.

„Lieber nicht. Stallparfum bekommst Du nicht so schnell aus Deinem schönen Haar. Ich beeile mich."

Die beiden Frauen unterhielten sich über dies und das, als würden sie sich schon lange kennen. Die Mutter, jenseits vom bestem Alter, war gepflegt, gut gekleidet, ihr Haar bereits ergraut und zu einem Zopf gebunden. Nur ihre Hände zeugten von vieler harter Arbeit.

„Zweifellos, die gibt es zur Genüge."

Amelie solle doch von sich erzählen, von ihrem Zuhause und warum sie ihre Heimat verlassen hatte.

„Das wollen Sie wirklich nicht wissen, aber ein andermal erzähle ich Ihnen gerne meine Geschichte, allerdings ist sie sehr traurig."

„Würden Sie wieder kommen?"

„Ich würde mich sehr freuen."

„Ich denke schon, wenn es Hermann möchte."

„Und ob ich möchte", hallte es aus dem Nebenraum, in dem sich Hermann geduscht und umgezogen hatte. Der Tag war längst vorbei. Am Himmelsgewölbe glitzerten unzählige Sterne und der laue Frühlingswind strich durchs Land. Hermann legte seine Hand um ihre Schulter.

„Werden wir uns wieder sehen?"

„Wenn es der Zufall wieder will", sagte sie leise und dachte: „Hoffentlich."

„Nicht der Zufall, ich möchte Dich am liebsten nicht loslassen. Können wir uns am Sonntag wieder sehen? Sag bitte ja, Amelie."

„Ja, zur gleichen Zeit vor dem Eingangstor."

Am liebsten hätte er sie geküsst, aber er war zu langsam.

Mutter und Sohn saßen am Abend bei einem Glas Rotwein in ihrer guten Stube und ließen den Tag ausklingen.

„Lasse das Mädchen nicht los, so etwas begegnet Dir nur einmal im Leben."

„Ich würde sie auf der Stelle heiraten, aber ich weiß nicht, ob sie mich will."

„Dann frage sie nächsten Sonntag einfach", riet die Mutter.

In Amelies Kopf drehte sich alles, ein Gefühl überflutete ihr Inneres, das ihr fremd war. Die Mutter war so liebevoll und nett, was sie von ihrer nie erfahren hatte. Und Hermann, sehr zurückhaltend, zuvorkommend und liebenswürdig. Sie saß in ihrem Zimmer am Bettrand, dachte nach. „Habe ich mich am Ende verliebt? Es ist möglich, alt genug bin ich ja."

Die Zeit bis zum Sonntag kam ihr wie eine Ewigkeit vor. Ihr Haar hatte sie zu einer Banane hochgesteckt, die Wangen ein wenig gepudert und das schönste Kleid angezogen. Sie wartete vor dem Tor. Hermann war wie immer pünktlich und ohne den berühmten Duft. Er war fein in Schale geworfen, so als hätte er heute etwas ganz Besonderes vor.

„Wie hübsch Du heute wieder bist? Die ganze Woche habe ich mich auf diesen Nachmittag gefreut. Und Du? Kam Dir die Woche auch so lange vor?"

„Eine Ewigkeit", gab sie schüchtern zur Antwort.

Er nahm sie fest in den Arm, drückte sie fest an sich und küsste sie auf die Wange.

„Oh, Amelie wie lange habe ich auf diesen Augenblick gewartet, mich nach Dir gesehnt wie ein Dürstender nach Wasser."

„Lass uns fahren", bat sie.

„Gut, Mutter wird schon warten oder hast Du etwas dagegen?"

„Nein Hermann, Du hast eine liebevolle Mutter, wir sollten sie nicht warten lassen."

Hermanns Mutter erwartete sie voller Sehnsucht in der guten Stube mit Kaffee und Zopfbrot, wie es in der Gegend üblich war.

„Ich freue mich sehr", sagte die Mutter zur Begrüßung, „dass Du heute wieder gekommen bist. Ach, wenn Du nur für immer hierbleiben könntest", sprudelte es aus der alten Frau nur so heraus.

„Wie denn?" sagte Amelie, während Hermann ihr den Kaffee eingoss. „Ich bin nur eine Haushälterin, habe nichts und bin nichts. Zudem eine Fremde unter Fremden. Sicher, ich habe etwas gespart, aber das ist nicht viel."

„So wie ich Dich erlebe, liebe Amelie, hast Du mehr als Gold und Silber!" rief ihr Hermann zu, suchte nach ihrer Hand, hielt sie in der seinen. „Du hast ein gutes Herz und zwei fleißige Hände. Geld habe ich selber, aber was nützt mir das alles ohne Dich?"

Er holte eine rote Rose aus dem Versteck, nahm ihre Hand und fragte fest entschlossen: „Amelie willst Du mich heiraten und für immer hierbleiben?"

„Ja, Hermann."

Er küsste sie auf den Mund und sie erwiderte den Kuss voller Leidenschaft.

„Endlich habe ich eine Tochter!" freute sich die Mutter. „Ich habe so gehofft, dass Du ja sagst und wir eine Familie werden."

„Ihr beide seid so nett zu mir, aber es geht mir alles viel zu schnell."

„Das stimmt", sagte die Mutter. „Ich bin nicht mehr die Jüngste und Hermann hat bereits die 30 überschritten. Es ist höchste Zeit für eine Familiengründung. Seit er Dir beim Stadtfest begegnete, ist er wie ausgewechselt. Amelie da, Amelie dort. Dem Herrn sei Dank, dass er Dich wieder gefunden hat. Ihr seid erwachsene Menschen, die mitten im Leben stehen und wissen, was sie tun und wollen."

„Sicher, das stimmt, aber lasst mir ein wenig Zeit zum Nachdenken", bat Amelie.

Hermann hielt sie immer noch in seinen Armen und wollte sie nicht loslassen. Er bedauerte, dass die Kühe von der Weide zum Melken in den Stall geholt werden mussten.

„Ich würde Dir helfen, aber ich habe nichts zum Anziehen dafür dabei."

„Lass nur, ich habe Jakob für heute Abend bestellt. Er wird sicher gleich kommen. Bis ich wieder komme, habt Ihr noch etwas Zeit, um Euch zu unterhalten."

Viel zu schnell ging dieser Nachmittag zu Ende. Hermann wollte im Laufe der Woche ihre Herrschaften aufsuchen und sie um die Auflösung ihres Arbeitsvertrags bitten und sie sobald wie möglich mitnehmen.

Amelie schrieb ihrem Pfarrer und bat um seinen Rat. Die Antwort war kurz. „Heirate, werde glücklich. Meinen Segen hast Du."

Es war Ende Mai und zu dieser Zeit gab es auf einem Bauernhof für irgendwelche Romantik keine Gelegenheit. Alles musste gut durchdacht und geplant werden. So bat Hermann seinen Jugendfreund, der Priester geworden war, sie in der nahen

Marienkapelle zu trauen. Amelie schrieb ihren Eltern und ihrem Bruder und bat sie zu kommen. Die Brautleute wollten keine besondere Feier, sie genügten einander. Amelie hatte Angst, denn ihr Leben veränderte sich wie im Flug, fast wie im Märchen. Von einem Dienstmädchen zur Bäuerin auf einem großen Hof. Sorge bereitete ihr Hermann. Wie sollte sie sich verhalten? Sie hatte noch keine Erfahrung mit einem Mann. Aber er war geduldig und konnte warten.

Alles war für den großen Tag vorbereitet. Das Haus war geputzt, das Essen bestellt, die Helfer waren für den Tag eingeteilt. Ihr Bruder war bereits eingetroffen. Ihre Eltern waren nicht da und hatten sich auch nicht gemeldet. In der Kapelle war wenig Platz, aber für die Trauungszeremonie im kleinen Kreis war es gerade recht. Hermann trug einen festlichen grauen Anzug und Amelie ein weißes Kostüm. Sie hatte einen Blumenkranz im Haar und ihr Hochzeitsstrauß bestand aus rosa Lilien und weißen Freesien, ihren Lieblingsblumen. Die beiden versprachen sich die ewige Treue in guten wie in schweren Tagen, bis der Tod sie scheiden würde. Als Zeichen ihrer Treue und Verbundenheit wurden die Ringe gesegnet, die sie einander ansteckten.

In einem Gedicht von Reinhard Johannes Sorg heißt es:

> Wir haben uns versprochen
> Zum Heile ungebrochen
> Für alle Ewigkeit
> Wir haben uns gefunden
> Uns Blut an Blut gebunden
> Für alle Ewigkeit.
> Kein Schwert kann uns mehr scheiden
> Denn eines ward uns beiden
> Für alle Ewigkeit.

Nachdem der Priester die weiße Stola, die er um ihre Hände gebunden hatte, löste, durfte Hermann seine Braut küssen. Die Mutter hinter ihm weinte vor Freude. Mit dem Lied „Salve Regina" wurde die Zeremonie beendet. Im Gasthaus war für die kleine Hochzeitsgesellschaft der Tisch festlich gedeckt. Viel Zeit zum Feiern hatten sie nicht und für eine Hochzeitsreise erst recht nicht. Die Heuernte stand vor der

Tür. Nur dieser eine Tag gehörte ihnen und niemand sollte ihnen die Freude nehmen. In dem Stapel Briefe auf dem Schreibtisch fand Amelie einen Brief ihrer Mutter: „Wie kannst Du mir das antun, einen Deutschen zu heiraten! Wir kommen nicht."

Sie musste sich setzen. Was sollte das heißen? Sie hielt den Brief in der Hand und weinte.

„Was ist geschehen?" fragte Hermann. Er umarmte sie und drückte sie an sich. „Weine nicht!"

„Nicht einmal Glück wünscht sie mir!"

„Wer denn?"

„Meine Mutter."

„Aber warum denn?"

„Ich habe keine Ahnung."

„Komm, lass uns anstoßen auf diesen besonderen Tag und unserem Schöpfer danken, dass wir einander gefunden haben."

Das Licht war aus, nur der Mond war Zeuge ihrer Hingabe und Liebe. Hermann überhäufte sie mit Küssen und sie erwiderte seine Leidenschaft. Dicht an dicht schliefen sie ein. Der Mond hatte sich schon längst schlafen gelegt. Früh am

Morgen bei Sonnenaufgang streckte die junge Frau ihren linken Arm aus, noch halb im Schlaf nach Hermann tastend. Aber das Bett war leer. Der Blick auf die Uhr zeigte, dass sie verschlafen hatte. Leise ging die Tür auf und Hermann kam ans Bett, um sie zu wecken. Sie zog ihn an sich. „Du hast so schön geschlafen, ich wollte Dich nicht wecken nach einer so schönen Nacht."

„Jetzt mache ich für alle Frühstück", sagte Amelie. Sie ging schnell unter die Dusche und dann in die Küche. Schon im Flur kam ihr der Duft des frisch aufgebrühten Kaffees entgegen. In der Essecke wartete die Mutter am schön gedeckten Frühstückstisch.

„Kommt Kinder, lasst uns frühstücken und danach müssen wir einiges besprechen. Und wie war die Hochzeitsnacht?" fragte sie und schaute Hermann an.

„Herrlich, Mutter, einfach schön."

„Na, dann ist ja alles gut. Aber denkt daran, dass ich auch noch Oma werden möchte, bevor mich der Herrgott zu sich holt. Und schon sind wir beim Thema. Als ich an Eurer Stelle war, habe ich mir

Folgendes geschworen: Sollte ich einmal eine Schwiegertochter bekommen, werde ich ihr eine Mutter sein und keine Schwiegermutter. Ich konnte meiner Schwiegermutter damals nichts recht machen. Es musste alles so ablaufen, wie sie es wollte. Heute, liebe Amelie, habe ich zu meinem Sohn noch eine Tochter bekommen und Du bist ab sofort die neue Bäuerin und ich kann mich zurückziehen."

„Kommt nicht infrage, Mutter, Du bleibst in unserer Mitte. Wir brauchen Dich, nur arbeiten darfst Du nicht mehr so viel."

„Du bist einfach zu gut, Amelie. Viele junge Frauen schicken die Alten auf das Altenteil oder ins Altenheim."

„Kommt nicht infrage", mischte sich Hermann ein, die Hand seiner Frau haltend.

„Hier sind alle Schlüssel des Hauses und hier die Geldbörse. Ich möchte nicht", betonte die Mutter weiter, „dass Du immer fragen musst, ob Du dieses oder jenes kaufen darfst. Ich habe gesehen, wie sparsam Du mit Geld umgehst und jeden Schein zweimal umdrehst. Wenn alles verbraucht ist, hebt Ihr Geld von der Bank ab. Ich appelliere an Dich, Hermann, dass Ihr beide auf der Bank eingetragen seid. Eine Vollmacht allein genügt nicht. Man weiß nie, was alles auf uns wartet. Ich habe aus meiner Erfahrung gelernt. Nun hoffe ich, dass wir die wichtigen Dinge besprochen haben."

„Nur noch eins", meldete sich Hermann und nahm die Hand seiner Frau fest in die seine. „Ich bitte Dich, dass Du den Führerschein machst."

„Aber, mein Lieber, wie denn? Ich bin doch ein technischer Idiot und viel zu dumm dafür."

„Das haben sie Dir eingeredet. Nein, Amelie, Du kannst so viel und ich bin stolz auf Dich. Mein Schulkamerad hat eine Fahrschule. Ich werde ihn anrufen."

„Aber das kostet doch Geld."

„Hast Du Mutter nicht gehört? Was sein muss, muss sein. Natürlich werde ich Dir helfen. Du musst selbstständig sein, sobald Du die Prüfung bestanden hast, kaufen wir einen gebrauchten Wagen nur für Dich."

„Das ist schön Hermann", meinte die Mutter und lächelte ihn an. „Du sollst endlich glücklich sein, Amelie und die schlimme Zeit vergessen."

Wenn das nur so einfach wäre. Die Heu-ernte stand an.

„Die Wettervorhersage ist gut, wir können es wagen."

Amelie widersprach ihrem Mann. „In drei Tagen wird es regnen, schau, das Morgen-rot und kein Morgentau. Auch die Schwal-ben fliegen tief. Mein Großvater hat sich immer an den Ereignissen der Natur orien-tiert und fast immer recht gehabt. Die Sonne steht am Zenit, heizt mächtig auf. Das Heu wird schnell trocknen, wir müs-sen sofort anfangen, damit einiges unters Dach kommt."

Hermann war einverstanden und schon am Nachmittag fiel das erste Gras. Tags darauf konnten sie das trockene Heu zu Ballen pressen. Am Himmel zeigten sich dunkle Wolken, nichts Gutes verheißend. Dicke Regentropfen prasselten auf die Erde.

„Gut, dass ich auf meine Frau gehört habe", sagte Hermann erfreut und Jakob konnte es nur bestätigen.

„Wenigstens haben wir einen Teil abge-mäht und durch den Regen kann neues Gras wachsen."

Am Sonntag übten die beiden Verliebten im Hof Autofahren. Anfahren, Gas geben, bremsen. Es klappte, sie freuten sich. Sie musste feststellen, dass sie nicht dumm war, wie man ihr immer eingeredet hatte. Sie bestand die Fahrprüfung. Sie machten sich zum Autohändler auf und kauften einen gebrauchten Polo. Er hatte es ihr ja versprochen. Nie im Traum hätte sie an ein eigenes Auto gedacht. Sie wollte ihrem Mann danken, der aber winkte ab. „Was mein ist, ist auch dein. Ich möchte, dass Du glücklich bist so wie ich es auch bin."

Das Getreide auf den Feldern strahlte goldgelb. Die Sonne heizte mächtig in diesen sogenannten Hundstagen. Hermann und Jakob bereiteten die Erntemaschine und den Transporter vor. Zuerst musste noch die Feuchtigkeit gemessen werden. War diese zu hoch, musste das Getreide in die Trockenanlage und das wäre teuer. Alles passte. Zuerst wurde die Braugerste geerntet und an die Brauerei verkauft. Dann folgte der Weizen. Sobald in der Frühe die Sonne den Tau getrocknet hatte, machten sich die Männer an die Arbeit. Hermann war an der Dreschmaschine, Jakob kam mit dem Lkw. Auch ein zweiter Helfer war heute mit seinem Lkw zugegen, damit das Getreide schnell in die Halle transportiert werden konnte. Amelie brachte den Männern im Korb Mittagessen und Getränke. Die Zeit eilte. Für die Nacht war ein Gewitter angesagt und sie hatten noch einige Morgen zu mähen. Alles würden sie heute nicht schaffen, morgen war auch noch ein Tag. Amelie musste die Kühe von der Weide holen. Sie warteten bereits am Gatter, waren unruhig und mussten gemolken werden. Sie öffnete die Gatter und die Kühe folgten der Leitkuh eine nach der anderen in den Stall. Jede ging an ihren Platz. Jetzt musste Amelie noch Trockenfutter einwerfen und dann ging es ans Melken. Zuletzt fütterte sie noch die Kälber in ihren Boxen. Eine Menge Arbeit für eine Frau. Aber sie liebte diese Arbeit, die sie seit sie denken konnte, begleitet hatte, und ihr Mann konnte sich auf sie verlassen. Hundemüde fielen sie gegen Mitternacht in ihre Betten und schon um 5 Uhr morgens klingelte wieder der Wecker. Gemeinsam begaben sie sich in den Stall. Schnell sollte es heute gehen. Der Tag war eng geplant, jede Stunde zählte. Der restliche Weizen musste gedroschen und in die Halle gebracht werden, ehe das Wetter umschlug. Auch Stroh sollte noch zu Ballen gepresst und am Feldrand zum Abholen bereitgestellt werden. Als sie die letzte Fuhre in die Halle brachten, öffnete Petrus die Schleusen und es goss wie aus Kübeln.

„Dem Herrn sei Dank!" rief Hermann aus. „Wir haben es geschafft!"

Derweil hatte die Mutter, wenn auch schon spät, eine Vesper für die hungrigen Arbeiter vorbereitet. Hermann und Jakob langten mächtig zu, nur Amelie bekam keinen Bissen herunter.

„Mir ist heute irgendwie nicht gut", meinte sie, trank etwas Wasser und ging ins Bett.

Mutter meinte im Stillen: „Nun ja, vielleicht werde ich doch Oma. Sie arbeitet zu viel", ermahnte sie ihren Sohn. „Sie muss sich mehr Ruhe gönnen."

„Ja, Mutter, wir reden morgen weiter."

Die Kühe waren gemolken, die Milch stand bereit. Pünktlich wie immer um 7 Uhr kam der Milchwagen und holte die kostbare Fracht ab. Beim gemeinsamen Frühstück überflog Hermann noch schnell

die Zeitung, ärgerte sich über das Ge-
schriebene, schimpfte über die Politik.
Schon wieder sank der Milchpreis.

„Wir Bauern sind doch die Dümmsten unter der Sonne, schuften Tag ein und aus,
damit die Bevölkerung genug zu essen hat,
haben keinen Urlaub außer die paar Stunden am Sonntagnachmittag." Zornig verließ er das Haus und ging zum Acker. Er
wollte heute umpflügen und Gründünger
säen. Vor allem aber wollte er seinen Ärger
loswerden. Für ihn war es nicht ganz einfach. Er hatte Agrarwissenschaft studiert,
vom Vater den Hof übernommen und alles
auf den neuesten Stand gebracht. Gemeinsam mit anderen Landwirten hatte er einen
Maschinenfuhrpark eingerichtet und dabei mit dem Einkommen aus der täglichen
Milchproduktion seiner 80 Kühe gerechnet.

Amelie hatte ihn noch nie so wütend erlebt. Sie schüttelte nur den Kopf, während
sie den Schweinebraten mit Senf bestrich,
anbriet, mit Kräutern und Wurzelgemüse
in die Bratreine legte und mit Brühe und
Rotwein angoss und in die Backröhre
schob. Dabei wurde sie von einem

heftigen, brennenden Schmerz im Unterleib überrascht. Im selben Moment sah sie das Blut unter ihren Bermudas, das bereits auf den Fußboden tropfte.

Die Schwiegermutter war mit Kartoffelschälen beschäftigt, reagierte aber geistesgegenwärtig, legte ihre Schwiegertochter auf den Boden, polsterte mit Handtüchern ihren Unterleib ab und rief den Notarzt.

„Bleib ganz ruhig liegen, halt die Beine fest zusammen!" Sie legte ihr noch ein Stuhlkissen unter den Kopf. Die Sanitäter und der Notarzt waren gleich zur Stelle. Die Situation war eindeutig. Vorsichtig legten sie Amelie auf die Trage und brachten sie in das Sanitätsauto. Sie wurde mit frischen Vorlagen versorgt, eine Infusion wurde angeschlossen und sie wurde mit Blaulicht ins Krankenhaus am See gebracht. Der Notarzt informierte die Kollegen. Eile war angesagt, der Blutverlust war enorm und der Blutdruck im Keller. Die OP war vorbereitet. Sie legten die Patientin auf den OP-Tisch. Zum Glück konnte sie am Morgen nichts zu sich nehmen, so konnte der Anästhesist mit der Kurznarkose beginnen. Alles musste rasch erfolgen, damit sie

nicht noch mehr Blut verlor. Die Gebärmutter musste ausgekratzt werden, denn
nur so konnte der Gynäkologe die Blutung
stillen.

„Ich schätze", sagte der Arzt, „Sie waren in
der 12. Woche. Die Blutung muss weiterhin beobachtet werden. Nochmals eine Infusion bitte und Laborwerte."

Sie wurde in das Krankenbett gelegt und
auf die Station gebracht. Der Arzt gab noch
weitere Anordnungen. Hermann, der inzwischen von seiner Mutter benachrichtigt
worden war, konnte nicht fassen, was geschehen war. Er wartete bereits auf dem
langen Flur, hielt es auf dem Stuhl nicht
aus, ging auf und ab. Endlich brachten die
Schwestern seine noch tief schlafende
Frau.

„Wie geht es ihr?" fragte er besorgt.

„Sind Sie der Ehemann, ja, dann kommen
Sie mit."

„Darf ich bei ihr bleiben, bis sie aufwacht?"

„Sicher", antwortete die Schwester. Sie
stellte einen Stuhl neben das Bett, ermahnte ihn, zu läuten, sobald Amelie aufwachte.

Nach einer Stunde kam sie langsam zu sich. Die Schwester kontrollierte die Vitalzeichen und die Vorlagen. Auch die Blutwerte lagen bereit. Die Blutung stand. Der Arzt kam, um nach ihr zu schauen.

„Sind Sie der Ehemann?"

„Ja. Was ist passiert mit meiner Frau?"

„Sie hatte eine Fehlgeburt mit starker Blutung. Gut, dass Ihre Mutter so schnell reagiert hat, sonst wäre sie verblutet. Sie braucht jetzt viel Ruhe. Morgen können Sie Ihre Frau heimholen, wenn die Blutwerte in Ordnung sind, aber erst nach der Visite, sagen wir so um 10 Uhr."

„Gut", sagte Hermann und bedankte sich bei dem Arzt.

„Danken Sie Ihrer Mutter für die schnelle Hilfe. Sie wäre sonst verblutet."

Amelie saß am nächsten Tag auf ihrem Bett und wartete auf Hermann. Der Arzt kam zur Visite und erkundigte sich nach ihrem Befinden. Auch Hermann war inzwischen eingetroffen.

„Ich sehe", sagte der Arzt, „es geht Ihnen schon besser. Leider muss ich Ihnen noch etwas sagen."

Beide starrten den Arzt an.

„Wollen Sie Kinder haben?"

Mit dieser Frage hatten sie nicht gerechnet.

„Ja, sicher", antworteten beide gleichzeitig.

„Sicher, Sie werden wieder schwanger werden können, aber ein Kind werden Sie nicht austragen können, weil Ihre Gebärmutter, sagen wir einfach, nicht richtig liegt. Haben Sie als Kind schwer arbeiten müssen?"

„Seit ich mich erinnern kann", antwortete Amelie.

„Und was bedeuten die Striemen auf Ihrem Rücken und an den Oberschenkeln?"

„Es sind traurige Erinnerungen an eine längst vergangene Zeit."

„Nun, mit einer kleinen Operation kann man das Problem beheben, indem man die Gebärmutter an den ihr zugedachten Platz bringt und vernäht. In zwei Wochen kommen Sie in meine Sprechstunde. Bis dahin ist Schonung angesagt und absolute Bettruhe. Auch die Arbeit im Stall ist für Sie bis dahin tabu, weil überall Keime lauern und Sie noch nicht auf der Höhe sind. Ich wünsche Ihnen Beiden alles Gute und bis in zwei Wochen", verabschiedete sich der Arzt.

Die Schwiegermutter hatte bereits gekocht und wartete in der Essecke auf die beiden. Für Amelie hatte sie eine kräftige Brühe gekocht.

„Sie wird Dir gut tun", sagte sie. Dann erzählte sie von sich. Dasselbe hatte auch sie erlebt und konnte daher mit ihrer Schwiegertochter mitfühlen.

Nach einer ausführlichen Beratung wurde Amelie operiert. Jedoch würde es einige Zeit dauern, bis alles abgeheilt war und sie für eine erneute Schwangerschaft bereit sein würde.

„Nie wieder gehe ich wütend aus dem Haus", sagte Hermann eines Abends, als sie alle bei einem Glas Wein saßen. „Ich habe mich an jenem Morgen entsetzlich über den fallenden Milchpreis geärgert und die Politik dazu. Entschuldigt bitte. Und wenn ich Dich, meine Liebe, noch an diesem Tag verloren hätte, nicht auszudenken."

„Längst vergessen", sagte Amelie, „aber Du trägst es immer noch mit Dir herum.

Vorbei ist vorbei. Wir haben alle mal einen schlechten Tag."

Dabei streichelte sie seine Wange und schaute ihn liebevoll mit ihren blauen Augen an. Die Arbeit auf den Feldern war geschafft, der Garten aufgeräumt. Die Kühe hatten für einige Monate ihre Weide verlassen und waren im Stall bei Heu und Silage. Der Herbst hatte mit seiner bunten Pracht längst Abschied genommen. Nebel hüllte die Fluren und Felder ein und der kalte Ostwind verhieß nichts Gutes. Der Winter war nicht weit.

Hermann saß im Büro, plante und rechnete für das kommende Jahr. Das volle Güllefass machte ihm Sorgen. Er sollte den stinkenden Abfall ausbringen, aber die Witterung ließ es nicht zu. Zum Glück hatte er noch einen halben Lagerraum Kapazität. Die Ausbringung der Jauche war begrenzt und bei nassem und gefrorenem Boden bei Strafe verboten. Des Weiteren musste er den Fruchtwechsel für das kommende Jahr beachten, damit er wieder eine gute Ernte einfahren konnte. Er addierte die Ausgaben und verglich sie mit den Einnahmen. Steuer und Versicherung kamen noch dazu. Er war von dieser bürokratischen Arbeit nicht begeistert und dennoch war sie wichtig.

Ein überraschender Anruf von Amelies Vater brachte nichts Gutes. Mutter sei verstorben, die Beerdigung in drei Tagen.

Amelie wusste nicht, was sie tun sollte, doch Hermann meinte: „Egal, was sie Dir angetan hat, sie ist Deine Mutter und wir begleiten sie auf ihrem letzten Weg. Ich bespreche alles mit Jakob und Mutter, dann bestelle ich noch einen Kranz und dann fahren wir."

Der Weg war weit bis in die Untersteiermark. In Österreich grüßten die verschneiten Berge mit ihren beleuchteten Kirchen und Kapellen. Zum Glück war die Autobahn frei und so erreichten sie nach zehn Stunden ihr Ziel. Eine große Menschenmenge war bereits in der Friedhofshalle versammelt. Amelie kam sich verloren vor. Seit Jahren hatte sie ihre Mutter nicht mehr gesehen. Ihr Herz raste, als sie an die Totenbahre trat.

Da lag die Frau, die ihr das Leben geschenkt hatte, sie aber nie geliebt hatte. Ihr Gesichtsausdruck war verbittert, ihr Haar ergraut, ihre abgearbeiteten Hände hielt sie zum Gebet gefaltet. Amelie zitterte so wie früher, als sie dem Vater begegnete. Aber jetzt war Hermann bei ihr und hielt ihre Hand. Einige Frauen beteten den Rosenkranz. Dann wurde der Sarg geschlossen und zur Totenmesse in die Kirche gebracht. Danach brachte man ihn in einer Prozession zum Grab. Die Sargträger ließen den Sarg langsam in das dunkle Grab hinab, während der Pfarrer betete. Amelie weinte ununterbrochen und wünschte ihrer Mutter Frieden und ewige Ruhe. Da nahm ihr Vater sie beiseite und schrie sie an: „Du brauchst nicht zu heulen, soll ich Dir von der Mutter ausrichten, Du bist schuld, dass sie sterben musste."

Die Anwesenden schwiegen. Hermann nahm seine Frau fest in den Arm und brachte sie zum Auto, setzte sie auf den Beifahrersitz, legte den Gurt an und fuhr los. Sie weinte herzzerreißend. „Warum bin ich schuld? Sie ist doch am Krebs gestorben. Angeblich hat sie sich von allen verabschiedet, nur mich wollte sie nicht sehen. Warum, Hermann, warum?"

Erst als sie den Karawanken Tunnel erreicht hatten, der Slowenien und Österreich verbindet, ließ der Schmerz und die Trauer nach. Beide waren müde und erschöpft. In Spital an der Drau fanden sie ein Hotel, konnten übernachten und bekamen noch etwas zu essen. Endlich waren sie dann wieder daheim. Hermann erzählte seiner Mutter, was sie Trauriges erlebt hatten. Sie konnte es nicht fassen, dass man einem Kind die Schuld für das eigene Sterben zuwies. Sie nahm Amelie in den Arm, streichelte ihre blassen Wangen und tröstete sie. „Vielleicht wirst Du eines Tages erfahren, warum. Man sagt, dass die Zeit alle Wunden heilt, aber vergisst, dass Narben bleiben."

Endlich war Heiligabend. In der guten Stube hatte Amelie den Weihnachtsbaum mit roten Kugeln geschmückt und mit einer Lichterkette versehen. Der Tisch war fein gedeckt. Wie üblich in dieser Gegend gab es am Heiligen Abend Kartoffelsalat mit Wienerwürstchen, Brot und

Punsch. Aus dem Radio erklangen Weihnachtslieder und von der nahe gelegenen Kirche hörte man das Läuten der Glocken. Hermann las die Weihnachtsgeschichte. Danach beteten sie gemeinsam das Vaterunser, und schlossen dabei Lebende und Verstorbene mit ein.

„So einen schönen Heiligabend habe ich in meiner Kindheit nie erlebt", sagte Amelie. „Immer gab es Streit um etwas, das ich nie verstanden habe. Geschenke gab es auch keine."

Bei einem Glas Punsch und Plätzchen, die sie zu Beginn des Advents gebacken hatten, wünschten sie einander Gesegnete Weihnacht. Amelie hielt die Hand ihres Mannes fest, schaute ihn liebevoll mit ihren blauen Augen an und sagte unverblümt: "Wir bekommen ein Kind."

Mutter und Sohn waren überwältigt. Hermann umarmte seine Frau, küsste sie voll Freude, Mutter aber machte sich Gedanken, ob dieses Mal alles gut gehen würde.

„Einen Haken hat das Ganze", berichtete Amelie weiter. „Ich darf nicht mehr viel arbeiten. Dazu muss ich jeden Monat in der Praxis vorstellig werden."

„Mach Dir keine Sorgen, mein Schatz. Sobald die Feiertage vorbei sind, mache ich mich auf die Suche nach einer geeigneten Helferin. Derweil passt Mutter auf Dich auf, damit Du Dich schonen kannst."

„Ich bin nicht aus Watte und Schwangerschaft ist etwas ganz Normales."

„Das stimmt schon, allerdings möchte ich das Vergangene nicht nochmals erleben", sagte der werdende Vater voller Sorge.

Über Nacht war Schnee gefallen und hatte die Natur in eine Märchenlandschaft verwandelt. Mit dem Weihnachtstag beginnen die Rauhnächte und enden am Dreikönigstag. Diese zwölf Tage prophezeien das Wetter des neuen Jahres. Die sogenannten Lostage waren nicht immer zutreffend, jedoch hilfreich. Jeder Tag steht für einen Monat.

„Großvater", sagte Amelie, „hat sie immer aufgeschrieben und die Tage in Ehren gehalten." Sie hatte auch mit dem Dreikönigswasser den Hof besprengt und den Kühen das geweihte Salz unter das Futter gemischt. Das war ein alter Brauch aus ihrer Heimat.

Der Winter hatte sie alle fest im Griff. Ab und zu blickte die Sonne hinter einer Wolke hervor und ließ die gelb blühenden Senffelder in ihrer ganzen Pracht mitten im Winter erstrahlen. Eiskristalle hingen an ihren Blättern, die Blüten jedoch streckten sich der Sonne entgegen. Die heimischen Vögel, Amseln, Rotkehlchen, Meisen und Sperlinge waren ständig auf Futtersuche. Auch ein Taubenpaar gurrte auf dem Hausdach und besuchte fleißig das volle Vogelhäuschen, das Amelie mit Futter nachfüllte. Langsam spürte sie die Bewegungen ihres Kindes. Bei der letzten Untersuchung und dem Ultraschall war alles in bester Ordnung.

„Ich gratuliere, Sie erwarten einen Sohn", verkündete der Gynäkologe. Weiterhin war Schonung angesagt. „Vergessen Sie das Trinken nicht."

„Wasser, ist doch klar."

„Und wie kommen Sie zu Hause zurecht?" wollte der freundliche Arzt wissen.

„Gut, mein Mann hat für diese Zeit eine Helferin angestellt, damit ich mich schonen kann."

„Schön, dann sehen wir uns in einem Monat wieder."

Freudestrahlend verkündete sie ihrem Mann: „Wir bekommen einen Sohn!"

Außer sich vor Freude nahm er sie in seine Arme und küsste sie. Etwas später überreichte er ihr einen Blumenstrauß. Auch die Schwiegermutter freute sich über die Nachricht, war jedoch weiterhin sehr besorgt. Langsam streckten Schneeglöckchen ihre weißen Köpfchen aus dem Boden und Winterlinge hielten ihre gelben Blüten den fleißigen und hungrigen Insekten entgegen. Kein Zweifel, der Frühling nahte mit großen Schritten. Erneut begann die Abfolge der landwirtschaftlichen Arbeit: Pflügen, Eggen, Säen und vieles mehr.

„Ich weiß nicht, wo mir der Kopf steht", klagte Hermann. „Eine Kuh nach der anderen kalbt in den nächsten Tagen." Gut, dass er Oliver noch für die kommenden Monate eingestellt hatte. Bei 80 Kühen gab eine Menge Arbeit und Verantwortung. Verdient wurde dabei fast nichts. Vor der Geburt wird die Kuh trockengelegt, das heißt, sie wird nicht gemolken und nach dem Abkalben bekommen die Kälber ein bis zwei Wochen lang die sogenannte Biestmilch. Danach werden sie mit Milchpulver weiter gefüttert, sofern sie für 10 bis 20 Euro nicht verkauft werden. Dagegen kostet 1 Kilo Kalbfleisch in der Metzgerei mindestens 15 Euro. Manche Kälber werden auch nach Kilo Preis gehandelt, je nach Rasse.

Amelie liebte diese Arbeit, jetzt musste sie fernbleiben, durfte nur zuschauen. Hermann war in dieser Hinsicht sehr streng mit ihr, tröstete sie, streichelte ihren Bauch, spürte die Bewegungen des Ungeborenen. „Vielleicht wird er ein Fußballspieler, Bauer sein ist nicht unbedingt lohnend, aber schön, für mich jedenfalls. Wenn nur diese Bürokratie nicht wäre."

Inzwischen war der Frühling mit seiner ganzen Pracht ins Land gezogen. Hinter dem Haus blühte die Süßkirsche, eingehüllt in ihr weißes Blütenkleid wetteiferte sie mit dem Pfirsichbaum im Garten mit seinen rosa Blüten. Bienen flogen von Blüte zu Blüte, sammelten Nektar und bestäubten die Blüten. Auch die Bachstelze war zurück aus dem Süden und spazierte stolz im Garten nach Insekten suchend.

„Großvater liebte diesen Vogel", erinnerte sich Amelie, „er ist ein Beweis des sehnlich erwarteten Frühlings."

Nun war es an der Zeit, das Kinderzimmer einzurichten. Das aus Weiden geflochtene Kinderbettchen, in dem auch einst Hermann gelegen hatte, wurde mit neuem Stoff ausgestattet. Darüber der Himmel mit weißer Seide mit Spitzen gespannt. Die Wickelkommode hatten die Beiden samt Babywaage, Windeln, einfach alles für die ersten Wochen neu gekauft. Auch der Kinderwagen stand in der Ecke bereit.

„Man kann nie wissen, ob das Kind es eilig hat, auf die Welt zu kommen oder ob es sich Zeit lässt", sagte Amelie. „Man sagt, dass die Mädchen sich beeilen, dagegen lassen sich die Jungs Zeit." Ein seltsames Gefühl bedrängte sie, die Angst machte sich breit. „Wird alles gut gehen?" fragte sie sich. Das Ungeborene strampelte in ihrem Bauch, es sei alles in Ordnung, so waren die beruhigenden Worte des Arztes bei der letzten Untersuchung. „Noch vier Wochen, mein Kleiner", sagte sie, während sie ihren Bauch liebevoll streichelte und eincremte. Noch ein Besuch beim Arzt, dann war es soweit.

Hermann hatte indessen mit seinen Helfern unendlich viel auf den Feldern zu tun, auch die Heuernte stand bald an. Die Kartoffelfelder waren bestellt, der Mais samt Rüben gesät. Heuer hatte er auch an die Bienen gedacht und an die Ackerränder Blumensamen ausgebracht. Das Wetter war günstig, sonnig und es sollte heiß werden, also gerade passend für den ersten Grasschnitt. Beim Frühstück besprachen sie die Tagesarbeit. Mit Oliver und Jakob montierten sie die Mähbalken an den Traktor.

Amelie winkte ihnen zu, bevor sie in ihren Polo einstieg und sie winkten zurück. Die letzte Untersuchung vor der Geburt in vier Wochen stand heute an. Sie hatte nicht weit in die Stadt und fuhr vorsichtig. Ein BMW-Fahrer kam von hinten angerast, touchierte den kleinen Polo, riss dabei den Außenspiegel ab und fuhr davon. Amelie erschrak sehr, kam von der Fahrbahn ab und landete im Graben. Sie schlug mit dem Kopf auf das Lenkrad und verlor das Bewusstsein.

Entgegenkommende Autofahrer informierten sofort die Polizei und die Sanitäter. Der Notarzt rief das nahe Krankenhaus an, nachdem sie die Hochschwangere vorsichtig aus dem Wrack befreit hatten. Mit Blaulicht fuhren sie davon. Sie war in einem kritischen Zustand, immer noch ohne Bewusstsein. Im Krankenhaus wurde sie untersucht und die Ärzte prüften die Herztöne des Ungeborenen. Sie waren schwach und die Verletzte immer noch weit weg.

Hermann war mit seinen Helfern auf dem Weg zum Mittagessen und musste an der Unfallstelle vorbei. Er stieg ab, wollte zum Auto, das gerade auf den Abschleppwagen befördert wurde. Ein Polizist hinderte ihn daran.

„Mein Gott!" rief er laut, „das ist ja der Wagen meiner Frau. Was ist mit ihr? Wo ist sie? Sie ist doch hochschwanger."

„Im Krankenhaus", beruhigte ihn der Polizist.

Hermann eilte nach Hause. Angst um seine Frau schnürte ihm die Kehle zu, er konnte nichts essen. Alle waren tief erschüttert.

Er gab Anweisungen an seine Helfer, zog sich um und fuhr zu seiner geliebten Frau ins Krankenhaus. Mutter zündete im Herrgottswinkel eine Kerze an, faltete die Hände und betete. Derweil hatten sich die Ärzte zu einem Notkaiserschnitt entschlossen. Sie wollten beide retten, sowohl die Mutter, als auch ihr Kind. Alle waren bereit. Der Narkosearzt trug eine große Verantwortung, er meldete: „Wir können beginnen." Nach drei Minuten erblickte Nico das Licht der Welt. Anscheinend hatte das Kind nichts abbekommen. Es war gesund, für die 8 Monate recht kräftig, trotzdem war die Zeit ungünstig. Im Nebenraum wurde er von der Kinderärztin und Hebamme versorgt.

„Nun können wir uns der Mutter zuwenden."

Der Assistenzarzt nähte zuerst die Kaiserschnittwunde zu, danach die klaffende Wunde über der Schläfe. Eine Schwester legte Verbände an, wechselte die Vorlagen der noch immer schlafenden Patientin. Über Monitor wurden die Vitalzeichen kontrolliert, am Arm Infusionen gewechselt. Die Laborantin nahm Blut für die

Untersuchung ab. Der Kopf muss geröntgt werden. Allem Anschein nach waren keine Frakturen vorhanden.

„Sie hatte Glück im Unglück und mehrere Schutzengel", betonte der Arzt. „Warum sie nicht aufwacht, ist mir ein Rätsel. Um sicher zu gehen, benachrichtigen wir noch unseren Neurologen."

Hermann ging im Flur auf und ab. Er konnte nicht klar denken, war voller Angst um seine Frau und fragte sich, was mit dem Kind war. Eine Schwester führte ihn zu Amelie.

„Der Arzt ist noch bei ihr, kontrolliert die Geräte. Sind Sie der Ehemann?"

„Ja, Schwarz ist mein Name." Dann schrie er laut:" Amelie!", und küsste ihre Wange. Dabei benetzten seine Tränen ihr blasses eingefallenes Gesicht. „Wird Sie wieder aufwachen?"

„Sicher", beruhigte ihn der Arzt.

„Und was ist mit dem Kind?" fragte er weiter.

„Wir mussten einen Notkaiserschnitt durchführen. Sie haben einen gesunden Sohn. Gratuliere."

Die anwesende Schwester schob einen hellbraunen gepolsterten Stuhl ans Bett der Kranken.

„Setzen Sie sich, es kann noch eine Weile dauern, bis sie aufwacht."

Die Hebamme brachte den Neugeborenen in einem Kissen liegend in das Zimmer. Wie sehr hatte er sich auf diesen Augenblick gefreut, jetzt war ihm nur zum Heulen zumute. Ein Kind ohne Mutter, nicht auszudenken. Von Zweifeln gequält und innerlich zerrissen konnte er die Tränen nicht zurückhalten. Er hatte keine Hoffnung mehr. Manfred, sein Freund, der Priester, kam gerade im rechten Moment.

„Hermann, was ist geschehen? Deine Mutter hat mich angerufen."

„Ein Autounfall, sieh doch, sie wacht nicht auf."

„Und Euer Kind, auf das Ihr Euch so gefreut habt?"

„Sie haben es holen müssen, ein gesunder Junge."

„So kenne ich Dich nicht, Hermann, so verzweifelt und mutlos. Glaube und vertraue auf Gotteshilfe, sie wird wieder aufwachen. Wenn Du erlaubst, werde ich ihr die Krankensalbung spenden."

„Letzte Ölung meinst Du?"

„Nein, mein Freund, sie soll nicht sterben, sondern aufwachen und leben. Du verstehst mich nicht. Krankensalbung ist keine Himmelsleiter im letzten Augenblick unseres Lebens, sondern liebende Zuwendung Gottes in Krankheit und Not. Es hilft ihr, gesund zu werden und das Tragische zu überstehen."

Der Priester betete und Hermann antwortete. Dann salbte er mit dem Krankenöl ihre Stirn und ihre Hände. Dabei sprach er: „Durch diese heilige Salbung helfe Dir der Herr in seinem reichen Erbarmen, er stehe Dir bei mit der Kraft des Heiligen Geistes. Der Herr, der Dich von Sünden befreit, rette Dich, in seiner Gnade richte er Dich auf. Amen."

Gemeinsam beteten sie das Vaterunser. Mit dem Krankensegen verabschiedete sich Manfred und versprach, wieder zu kommen. Inzwischen war es Abend geworden. Dunkelheit machte sich breit. Im Schein der Straßenlaterne und der brennenden Kerze auf dem Tisch betrachtete

Hermann seine noch schlafende Frau. Er hielt ihre Hand und spürte plötzlich eine leichte Bewegung ihrer Finger. Für einen Augenblick öffnete sie ihre Augen, tastete über ihren etwas abgeflachten Bauch, in dem sie kein Leben spürte, ertastete nur den Verband auf dem Unterbauch.

„Mein Kind, wo ist mein Kind?" fragte sie leise und war wieder bewusstlos.

Der Arzt, die Schwestern und die Hebamme kamen. Sie wollten die Kranke umlagern und versorgen. Hermann baten sie heimzugehen, sich auszuruhen und am nächsten Tag wiederzukommen. Er tat es widerwillig.

Daheim berichtete er seiner wartenden Mutter, was geschehen war und dass sie einen Sohn hatten, dann brach er in Tränen aus. Die gläubige Frau nahm ihren Sohn in die Arme und tröstete ihn. Er war restlos erledigt und müde, aber fand dennoch keinen Schlaf. Es war schwül, am Himmel leuchteten unzählige Sterne, schönes Wetter vorhersagend. Sein Interesse galt jetzt nur seiner Frau. Die ganze Arbeit wurde von Helfern erledigt. Er wusste, dass er sich auf sie verlassen konnte. Nach einer kurzen schlaflosen Nacht eilte er wieder ins Krankenhaus. Er wollte dabei sein, wenn sie aufwachte. So saß er wieder wartend an ihrem Bett. Die Kinderschwester brachte den Kleinen wieder ins Zimmer, legte das Kind in den Arm der Mutter, wartend was geschehen würde.

Das Kind fing an, zu schreien, die Mutter öffnete die Augen, blickte umher, fragte; „Wo bin ich?"

„Im Krankenhaus", sagte Hermann.

Jetzt erst bemerkte sie ihr weinendes Kind. „Unser Sohn", sagte Hermann, aber sie war viel zu schwach. Die Schwester nahm den Kleinen wieder mit. Sie hatte erreicht, was sie in einer Zeitschrift gelesen hatte. Der Schrei des Kindes hatte die Mutter aufgeweckt. Hermann hielt ihre Hand. Er weinte vor Freude. Der Arzt, die Schwestern und die Hebamme freuten sich mit den beiden. Auch Manfred kam wieder vorbei. Er hatte im Gottesdienst fest an Amelie gedacht und für sie gebetet. Dann klopfte es an der Tür.

Die Polizei erkundigte sich nach dem Befinden der Verunglückten. Zugleich berichteten sie, dass sie den Unfallverursacher hatten. Ein junger Mann hatte noch weitere Autos mit seinem BMW überholt, unterschätzte die Geschwindigkeit und landete am Baum. Er war tot.

„Das Auto ist kein Spielzeug und die Straße keine Rennbahn", betonte der Polizist. „Unschuldige Menschen sterben, Familien brechen auseinander, Trauer und Schmerz bleiben zurück. Beinahe hätte es auch Euch erwischt. Weiterhin gute Besserung, den Rest erledigt die Versicherung."

Amelie konnte nicht glauben, dass sie solange geschlafen hatte. Sie war noch sehr schwach, aber versuchte dennoch, ihr Kind mithilfe der Kinderschwester zu stillen. Hermann konnte sein wieder gewonnenes Glück nicht fassen. Er wollte es festhalten und war Manfred dankbar für seinen Beistand und seine Gebete. Für seine Frau bestellte er einen Strauß ihrer Lieblingsblumen, Rosen und Freesien Sie musste noch im Krankenhaus bleiben, musste zu Kräften kommen und sich weiteren Untersuchungen stellen. Erst wenn sie völlig genesen war, durfte sie heim. Die ersten Schritte konnte sie bereits im Zimmer versuchen.

Es klappte. Nur der Kreislauf streikte. Sie brauchte noch viel Ruhe.

Hermann hatte indessen eine Menge Arbeit auf dem Feld. Vieles war liegen geblieben und musste jetzt aufgeholt werden. Mit Jakob und Oliver holte er die Heuballen nach Hause, schichtete sie in Stallnähe auf. Ein Wintervorrat für seine Tiere. Die Blumenwiese an seinen Kornfeldern strahlte. Es waren hellblaue Kornblumen und roter Mohn, dazwischen streckten weiße Margeriten ihre Köpfe der Sonne entgegen. Unzählige Insekten erfreuten sich an der Blütenpracht. Trotz der vielen Arbeit besuchte Hermann seine Frau. Die Verletzung auf der Stirn und die Kaiserschnittnarbe waren abgeheilt, die Fäden gezogen. Sie war wieder stabil und durfte bald mit ihrem Kind nach Hause. Allerdings war ihre Freude gedämpft. Alles Mögliche hatte sie in dem langen Schlaf geträumt, erinnerte sich nur lückenhaft daran. Sie fragte ihre Mutter: "Warum?", und bekam keine Antwort. Es war ja nur ein Traum, der sie nicht los ließ. Jemand hatte ihr einmal gesagt, als sie noch klein war, dass sie dem Vater nicht gleichen würde und nur wenige Züge der Mutter besitzen würde. Sie begriff nicht, was das bedeutete. Nur eines war ihr heute klar, sie war ungeliebt und stets im Weg. Auf eine Antwort wartete sie immer noch. Eines war ihr ebenfalls klar, wenn der Schöpfer es anders gewollt hätte, ja, dann wäre sie nicht am Leben. Was für Gedanken! Zum Glück brachte die Schwester den Kleinen zum Stillen und lenkte sie ab.

Daheim wurde alles für ihre Rückkehr vorbereitet. Die Mutter hatte mit der Helferin gekocht, der Tisch war gedeckt. Endlich hatte die Freude den Kummer vertrieben und das Leben kehrte auf dem Hof wieder ein. Die Sonne heizte mächtig auf, ließ das Korn reifen und Gemüse wachsen. Ab und zu öffnete Petrus seine Schleusen und der Regen tränkte die durstende Natur. Nur die Angst vor einem Gewitter, das oft Hagel mitbrachte, war so kurz vor der Ernte groß. Die glückliche Oma spazierte mit dem Enkel, der zufrieden in seinem hellgrauen Kinderwagen schlief, im Hof umher. Nie hätte sie gedacht, dass sie das noch erleben würde. Bei der schweren Arbeit auf dem Hof und zunehmendem Alter ließen ihre Kräfte nach. Amelie umsorgte sie liebevoll, zollte ihr Achtung und Dankbarkeit. Nico strampelte im Kinderwagen und lächelte sie genau wie einst sein Vater an.

Und wieder kam die Getreideernte. Der Mähdrescher stand samt Lastwagen mit Anhänger bereit. Das Wetter schien laut Prognose zu halten, doch Amelie war skeptisch. In der Frühe strahlte ihr das Morgenrot entgegen, kein Morgentau, dazu noch unheimliche Stille. Kein Vogel flog vorbei oder sang.

„Beeilt Euch!" rief sie den Männern zu, „es wird Gewitter geben."

Der Bauer ist vom Wetter abhängig, von der Laune der Natur, von vielen Vorschriften der Politik und letztendlich von der finanziellen Marktstrategie. Er muss billig seine Produkte verkaufen, an denen sich der Handel die goldene Nase verdient. Ein Beispiel dafür sind die Kälber und die Milch. Für diese Produkte muss der Verbraucher tief in die Tasche greifen. Kein

Wunder, wenn das Hofsterben voranschreitet. Auch Hermann rechnete, hatte sich der moderne Stall gelohnt? Konnte er den Kredit mit dem Verkauf seiner Produkte tilgen? Ihm ging es auch um das Tierwohl.

„So lange die Tiere bei mir leben, sollen sie auch ein gutes Leben haben. Letztendlich werden sie zu unserer Nahrung."

Er wollte weiter machen, konnte sich keinen schöneren Beruf vorstellen, wenn er auch an manchen Tagen seine vor Schmutz triefenden Gummistiefel in die Ecke schmettern könnte mitsamt der stinkenden verdreckten Stallkleidung. Aber ohne das landwirtschaftliche Parfüm gab es keine Milch und auch kein Brot. Seine Familie gab ihm jeden Tag aufs Neue Kraft. Eigentlich hatte Amelie allen Grund, froh und glücklich zu sein. Sie hatte alles überstanden, konnte frohgemut Nico aufwachsen sehen, der inzwischen ein kleiner Sonnenschein für die ganze Familie wurde. Das eine war jetzt schon offensichtlich, er liebte Tiere.

Die Felder waren nun abgeerntet, der Mist war ausgebracht und untergepflügt. Das

Vieh war wieder im Stall. Der Kreis der landwirtschaftlichen Arbeit schloss sich wieder. Und der herbstliche Nebel warf seinen grauen Mantel über die gesamte Natur und ließ sie ruhen. Bei all dem Glück, das Amelie mit der Familie erleben durfte, überkam sie manchmal tiefe Traurigkeit. Sie fragte sich, warum sie an dem Tod ihrer Mutter schuld sein sollte. Leider blieb diese Frage unbeantwortet bis zu dem Tag, als ein Brief des Vaters unter dem Stapel der Tagespost herausragte. Amelie traute sich nicht, ihn zu öffnen, aber Hermann wollte ihn lesen. Leider war er der slowenischen Sprache nicht mächtig und so musste seine Frau Wort für Wort übersetzen. Noch einmal durchlebte sie die ganze Dramatik und den Schmerz ihrer Kindheit. Ihr Vater schrieb, was in jener schrecklichen Nacht im Lager im Sommer 1945 geschehen war: „Dann wurde Deine Mutter schwanger mit Dir. Um ihr die Schande, wie sie es nannte, zu ersparen, haben wir geheiratet. Liebe war nicht im Spiel. Mein ganzes Leben habe ich es bereut. Für sie war die körperliche Liebe schmutzig und ohne jegliche Lust oder gar

Freude. Sie arbeitete den ganzen Tag vor sich hin, war mit ihren Gedanken ganz woanders. In den letzten Jahren saß sie oft am Ufer des Sattelbach und starrte in den Fluss. Sie war geistig abwesend. Der Hausarzt befürchtete Suizidgefahr. Gemeinsam überlegten wir, ob es nicht besser wäre, sie in eine psychiatrische Klinik in die Nähe der Kreisstadt einzuweisen. Zu allem Übel klagte sie über Magenschmerzen. An manchen Tagen konnte sie alles essen, an anderen erbrach sie sogar ihren Tee. Nach langem Hin und Her wurde sie zur Magenspiegelung in das Kreiskrankenhaus überwiesen. Magenkrebs hatte sich längst breitgemacht, hatte sie fest im Griff. Sie durfte nicht mehr heim und wurde sofort für eine Operation vorbereitet. Die Ärzte beabsichtigten, eine Magenresektion nach Billroth zwei durchzuführen. Dabei wird der Magen entfernt, aus dem Dünndarm (Jejunum) ein neuer kleiner Magen geschaffen und mit der Speiseröhre verbunden. In der Nacht gab es Komplikationen. Eine innere Blutung trat angeblich auf und sie musste erneut unters Messer. Genaueres habe ich nicht in Erfahrung gebracht.

Auf den Fluren des Krankenhauses lauert der Tod und wartet auf seinen Einsatz. In dieser Nacht bekam er den Befehl, Deine Mutter zu holen. Sie hatte sich ihn herbeigesehnt, wachte nicht aus der Narkose auf. So trug er sie schlafend in eine andere, mit Sehnsucht erwartete Welt. Du hast sehr unter allem gelitten, liebe Amelie. Ich war nicht nett zu Dir, wie ich hätte sollen. Verzeih mir bitte. Bitte, Amelie, ich habe nur noch circa drei Monate zu leben. Mich hat eine seltene Art Leukämie erwischt ohne Hoffnung auf Genesung."

„Kein Wunder, ein Atommeiler ist nur 25 km Luftlinie entfernt. Seine ganzen Verwandten starben an irgendeinem Krebs", sagte Amelie.

Hermann rückte seinen Stuhl ganz nah an Amelie, hielt sie fest. „Wirst Du ihm verzeihen können?"

„Ja", sagte sie. „Ich muss, damit er in Frieden gehen kann. Aber vergessen kann ich nicht. Die Narben am Rücken und an den Oberschenkeln erinnern mich stets daran."

Jetzt waren ihre Tränen nicht aufzuhalten. Nico, der die ganze Zeit in seiner Spielecke mit Legosteinen gespielt hatte, kletterte der Mutter auf den Schoß, hielt sie mit seinen zarten Händen fest umschlungen und verpasste ihr einen dicken Kuss: „Mama, weine nicht, ich bin doch bei Dir."